KB129365

아다지에토

아다지에토

어느 광고감독의 사적인 카메라

글·사진 유대얼

을유문화사

아다지에토

어느 광고감독의 사적인 카메라

발행일
2018년 8월 31일 초판 1쇄

지은이 | 유대얼
펴낸이 | 정무영
펴낸곳 | (주)을유문화사

창립일 | 1945년 12월 1일
주소 | 서울시 마포구 월드컵로16길 52-7
전화 | 02-733-8153
팩스 | 02-732-9154
홈페이지 | www.eulyoo.co.kr

ISBN 978-89-324-7387-1 03810

'어쩌다 보니 우린 뭔가가 되지'
작업한 광고에 나오던 가사 한 줄이 떠올랐다.
어쩌다 보니…… 이 말을 곱씹으며 지난 십여 년간의
나의 행적들을 곰곰이 살펴보는데 도통 촬영장에서의 기억 말고는
딱히 생각나는 것들이 없었다.
사실 영상 만드는 일을 직업으로 삼으려면 꽤나 포기해야 할 것들이
많다.
약속, 주말, 친구, 휴가, 모임, 취미…… 심지어 잠자는 시간까지
위협받는다.
어쩌다 보니 일과 일상의 구분이 없어져 버린 나의 이런 시간들은
촬영장에서 모두 사라져 버린 것일까?

반전이 하나 있다면
그동안 촬영장을 다니며 눈치껏 사진들을 좀 찍어 두었다는 것이다.
제한된 상황이 더 간절한 마음을 부추겼는지
나답지 않게 꾸준히 사진들이 쌓였다.
사진들을 보며 틈틈이 떠오르는 생각들도 적어 보았다.
두서없이 온통 내가 좋아하는 것투성이었지만
신기하게도 산만했던 생각들이 조금씩 좁혀지며
작은 이야기들이 만들어졌고, 잠시나마 일에서 벗어난 그것들은
사라진 시간들과 함께 나를 찾는 최소한의 근거가 되어 주었다.

소심한 A형이지만 지극히 개인적인 이야기들을 수줍게 꺼내어
사람들 앞에서 그리고 내 앞에서 소중히 여겨 보는 것,
그것 하나에 의미를 두고 용기를 내어 보기로 했다.

엇……,
어쩌다 보니 이렇게 책이 되었다.

요
나
의
카
메
라

여행이 아닌 촬영으로 스페인에 발을 디딘다는 것은 괴로운 일일지도 모른다.

원하는 그림을 얻기 위해 봐야 만하는 멋진 풍경들은, 보고 즐기는 목적의 순수성을 잃어버린 탓에 일찍이 소화불량에 걸려 버렸고, 머릿속엔 수많은 앵글과 더불어 태양이 제발 나와 주길 바라는 마음으로 가득 차 있었다.

그럼에도 불구하고 로케이션 스카우팅* 중 틈만 나면 눈치껏 카메라의 셔터를 눌렀다. 원래의 목적에서 벗어난 요나처럼 나의 비켜난 카메라 속으로 스페인의 풍경들이 들어왔다.

요나처럼 불순종의 대가로 물고기 뱃속으로 들어가고픈 생각은 물론 없다.

단지 이 정도면 귀여운 반항 정도로 용서받길 바라는 마음으로 셔터를 누를 뿐.

성경에 '요나'라는 인물이 나온다.
그는 니느웨 사람들에게 하나님의 경고를 전하라는 명령을 받지만 말씀에 불순종하여 정반대에 있는 다시스(스페인 남부 지역으로 추정됨)라는 곳으로 도망치다가 큰 물고기에 먹혀 물고기 뱃속에서 사흘 동안 갇혀 있게 된다. 회개한 요나는 물고기 뱃속에서 나와 니느웨로가게 되는데 지극히 인간적인 그의 반항이 그리 낯설어 보이지 않는다.

* 영상을 제작할 때 촬영에 적합한 장소(주로 옥외)를 찾는 것을 뜻함.

요
나
의
카
메
라

해가 저물어 가는 시간,
잠시 후, 그의 시선이 휴대폰을 떠나
정면을 향한다면
그곳엔 가우디의 '카사바트요'가 빛나고
있을 것이다.

조명이 켜지고 모여든 수많은 사람이
불빛 앞으로 모여든 한여름의 나방들처럼
느껴진다면 그들은 지금 바르셀로나에서
가우디의 존재감을 제대로 느끼고 있는 중
이라고 말할 수 있을 것이다.

요
나
의
카
메
라

비교적 이른 시간이었지만 사그라다 파밀리아 앞은 관광객들로
북적였다.
몸 전체를 온통 분홍빛으로 도배한 특이한 복장의 일본 여자도
한 명 있었는데, 이렇게 다양한 취향의 사람들일지라도 지금
본인의 눈앞에 보이는 위대한 건축물 앞에서 넋을 잃고 바라보는
경이로운 감정은 다들 비슷해 보였다.
아름다움의 절대적 가치판단의 기준이 발휘되는 이 순간, 물에
비친 가우디의 걸작을 카메라에 담고 있던 나는 심지어 피사체가
그림인지 실물인지 헷갈릴 정도였다.

카사밀라의 어느 발코니에서 가이드 한 명이 팔을 뻗자 일제히
사람들의 시선이 한곳으로 고정되었다.
형식을 파괴한 공간에 들어와 있는 형식적 관광 패키지.
사이 좋게 공존하던 두 요소의 조합이 새삼스럽게 충돌을
일으켰다.

요나의카메라

바르셀로나 카탈루냐 음악당 뒷골목에서 뒷짐을 진 노인을
발견하고는 재빨리 그를 향해 뛰어갔다. 그의 머릿속은 수많은
악상으로 가득 차 있었는데, 한 발짝 한 발짝 걸으며 그것들을
곱씹고 있던 탓에 나의 발자국 소리 따윈 신경 쓰이지 않는 듯
보였다. 공간이 주는 분위기에 생겨난 선입견 때문이었을까?
바바리 코트를 입은 뒷짐진 백발의 노인이 음악가라는 증거는
어디에도 없었지만 그는 이미 카메라 안에 들어와 있었다.

'토토'라는 이름의 식당은 모두의 감탄을 자아낼 만큼
훌륭한 음식을 맛보게 해 주었다. 사과껍질을 벗기고
나온 피에로가 우릴 보고 웃고 있었고, 우리도 눈앞의
음식들을 보며 웃었다.

'토토'라는 이름은 쉬운 발음만큼이나 내게 친숙하다.
가장 좋아하는 영화 <시네마 천국>의 주인공 '토토'
그리고 가장 좋아하는 밴드 '토토'. 잊을 수 없는 맛을
보여 준 바르셀로나 식당 '토토'까지 생겼으니. 역시
배신하지 않는 이름이다.

촬영장에서 자주 쓰는 표현 중에 wet down이라는 말이 있다.
바닥을 물로 적시면 밋밋했던 바닥의 질감과 톤이 살아나기도
하고 명도 차이가 생겨 화면 안에서 좀 더 깊이감 있는 느낌을
줄 수 있으며, 밤에는 물에 반사된 불빛들이 더욱 풍부한 색감을
살려 주기 때문에 종종 이 방법을 작업에 사용한다.

바르셀로나의 프로덕션 회의실 너머로 보이던 버스 정류장의
바닥이 기습적으로 내린 비로 적셔졌다. 비를 피해 지붕 안으로
모여든 사람들은 버스를 기다렸고 우리는 간사하게도 다시
태양이 나오길 기다렸다. 그렇게 좋은 그림을 얻기 위한 상반된
조건들이 동시에 우릴 기다리고 있었다.

말로만 듣던 몬주익 언덕에 올랐다.

탁 트인 바르셀로나의 풍경을 바라보며 잡생각들이 꼬리를 물고 이어졌다. 몬주익은 황영조 선수가 역전한 장소로 바르셀로나 올림픽 마라톤 금메달을 떠올리게 된다. 올림픽과 좀 더 연관 지어 생각해 보자면 나는 존 윌리엄스가 1988년 서울 올림픽의 미국 NBC 방송용 테마음악으로 작곡한 「더 올림픽 스피릿(the olympic spirit)」이라는 곡이 가장 먼저 떠오른다. 군악대 시절 퍼레이드 행사용으로 연주한 이 곡은 초반부의 웅장한 금관 팡파르 뒤에 등장하는 트럼펫의 멜로디가 숭고한 올림픽 정신을 보여 주듯 차분하게 울려 퍼지고 스네어 드럼의 절도 있는 리듬이 가세하며 끝을 향해 나아간다.

몸이 익힌 기억 탓일까?

이 음악이 들릴 때면 햇볕이 내리쬐던 연병장에서 팬티만 입은 채 땀을 뻘뻘 흘리며 대형을 맞춰 가던 그 순간의 동작들이 하나둘씩 그려진다. 과장하자면 음악의 추상성에서 벗어나 구체적인 비주얼로서의 음악으로 나와 관계 맺음되어 버린 것이다.

해 질 녘 도착한 이곳의 해안은 금새 어두워졌다.
일광 아래에서의 장면들을 많이 보지 못하고 로케이션 스카우팅을
마쳐야 하는 아쉬움도 잠시. 어느새 이곳은 아름다운 가로등
불빛과 함께 황금색 조개로 변해 있었다.
역시나 이 해안의 이름도 라 콘차(la concha, 스페인어로 조개)
였는데, 매년 9월 2주 동안 개최하는 '산세바스티안국제영화제'의
조개 모양을 한 공식 로고 또한 여기서 나왔다고 한다.

장소 섭외를 위해 언덕에 위치한 저택을 찾았다. 엄청난 전망을
자랑하던 그곳은 주말에 결혼식을 하는 장소로도 쓰인다고 한다.
큰 마당이 있던 곳에서 바닷쪽으로 시선을 돌리면 조개 모양을
한눈에 볼 수 있는 라 콘차 해안이 펼쳐진다.

라 콘차 해안을 마주 본 앵글을 얻기 위해 다시 맞은편 산에
올랐다. 서쪽 바다의 태양이 돌담에 앉아서 대화를 나누던 두
친구의 실루엣을 감싸며 지고 있었고, 그 덕에 우리는 동쪽
햇살을 받은 조금 더 푸른 바닷빛의 조개 해안을 내려다볼
수 있었다. 촬영을 마치고 내려오던 길에 피아니스트 백건우
선생님이 연주한 브람스의 인터메조 작품 118을 들으며 걸었다.
공간을 채우는 소리들이 음악과 어우러지며 순간순간 사라져
버리는 시간을 디자인해 주었다. 이렇게 하면 여기에 음악으로
남겨진 시간의 형상을 다음번에 꼭 찾을 수 있을 것만 같았다.
물론 그 모양이 꼭 조개일 필요는 없으니까.

영화 <비포 선라이즈>에서 두 주인공이 공원에서 하룻밤을
보내고 새벽 무렵 골목길을 걷는 장면이 나온다. 그때 골목
어디에선가 흐르던 하프시코드 소리가 무척 인상적이어서
기억에 계속 남았는데, 유럽의 골목들을 지날 때면 모퉁이
어디에선가 꼭 비슷한 경험을 할 것만 같다. 촬영을 위해 조금
일찍 도착한 어느 골목에서 이른 아침 한 노인이 유리창 앞
광고 배너 속 노인과 함께 아침 식사를 하고 있었다. 하프시코드
소리는 없었지만 식당 안 라디오의 음악 소리가 문틈 사이로
살며시 흘러나왔다.

하나,
둘,
셋,
찰칵!

스페인 현지 제작진으로 일하던 그녀가 성당 맞은편에서 잠시
생각에 잠겼다.
태양을 마주할 때 생기는 렌즈 플레어가 몽글몽글 속마음을 담은
말풍선처럼 떠올랐다. 말풍선 속의 내용은 알 수 없으나 시간이
조금 지난 후에 이 사진을 보며 붙인 제목은 '추억은 방울방울'

세비야에 처음 도착해서 묵은 호텔은 '그동안의 스페인은
다 잊어'라고 말할 수 있을 정도로 너무나도 노골적으로
스페인스러운(선입견일 수도 있지만) 모습을 하고 있었다.
물론 호텔뿐만은 아니었다. 세비야라는 도시 전체가 우리가 흔히
생각하던 스페인의 모습에 가까웠다.
두세 배는 더 강력해진 태양의 강도와 길이를 체감하며 세비야의
거리를 걸었는데 밤 아홉 시가 다 돼서야 그 모습을 감추었다.
태양이 길다는 것은 동전의 양면과 같다. 조금 더 늘어난 일몰
시간이 마음의 여유를 주거나 늘어난 촬영 시간으로 몸이 더
힘들어지거나…….

아직 이곳의 강렬한 태양에 적응하지 못했는지 세비야 대성당부터 걷던 우리는 투우장이 있던 곳을 지나자 급격히 체력이 떨어졌다. 때마침 바로 앞을 지나던 2층 투어버스를 타고 장소를 둘러보기로 했는데, 그곳 맞은편으로 창마다 작은 발코니가 나 있는 클래식한 건물이 한눈에 쏙 들어왔다. 건물을 감싸듯 올라온 나무들의 그림자가 흰 벽에 드리워졌고 그 밑으로 나무의 크기를 가늠하게 해 주는 사람 셋이 걷고 있었다.

생각해 보니 관광용 2층 버스를 탄 건 처음이었다.

사실 광고 촬영으로 오게 되는 외국은 시간도 마음도 여유가
없는데, 시야가 탁 트인 버스에 올라타 도시 정보 안내 멘트가
나오는 이어폰을 귀에 꽂으니 어느새 관광객 모드로 바뀌었다.
세비야의 거리를 지나며 위에서 내려다보는 시선으로 풍경과
사람들을 카메라에 담고 있는데, 예상보다 훨씬 낯선 기분이
들면서 키가 큰 사람들의 시선과 그렇지 않은 사람들의 시선
차이가 단지 보이는 것에만 머무르지 않을 것 같다는 생각이
들었다. 예를 들어 회사에서 키가 가장 큰 상우는 2층 버스에
올라탄 관광객의 기분처럼 어쩌면 나보다 훨씬 더 열린 마음과
시각으로 대상들을 바라볼 수 있지 않을까? 일반적으로
하이앵글이 주는 위압감과는 정반대로 말이다.

버스가 좁은 골목으로 들어서자 빌딩들 틈 사이로 햇살이 쏟아져
내렸고, 노란색 벽 앞에서 버스를 기다리던 콧수염 노인 뒤로 길게
늘어진 가로등의 그림자가 체크무늬 바닥을 지나 벽 아랫부분까지
드리워졌는데 이 모든 요소가 모여 이국적인 풍경을 만들어 냈다.
아직 조금 더 남은 투어버스의 최종 목적지까지 좀 더 즐겨 보기로
했다. 영어로 나오는 안내 멘트의 내용은 여전히 잘 알아듣지
못했지만 눈만큼은 즐겁게 골목을 빠져나왔다.
그렇게 서서히 세비야 첫날의 태양이 저물고 있었다.

잠시 정차한 투어버스의 정류소 한쪽에 유니폼을 입은 남자가
앉아 있었다. 나뭇잎과 보색을 이룬 그의 붉은 넥타이가 한눈에
들어왔다.
몇 시간째 근무를 하고 있는지는 모르겠지만 사람들이 없는 틈을
타 그늘에 앉아 잠시 쉬는 것처럼 보였다. 작은 상점 중앙 간판에
쓰여 있는 그라니자다(Granizada)가 빙수 혹은 청량음료라는
뜻이 맞다면 쉬고 있던 그의 머리 위로 생겨난 말풍선 속
속마음이었을 수도…….

같은 유니폼의 또 다른 흑인 남자의 뒷모습을 담았다.
그는 나를 의식하지 못하고 잠시 생각에 잠긴 듯했다.
대만의 영화감독 에드워드 양의 <하나 그리고 둘>이라는 영화가 있다.
영화 속 등장인물인 양양이라는 남자아이는 사람들의 뒷모습을 잔뜩
카메라에 담는데, 언젠가 아빠에게 이런 질문을 한다.
"아빠, 진실의 반을 볼 순 없을까요? 앞에서만 볼 수 있지 뒤에 있으면 못
보잖아요. 그러니 진실의 반만 보는 거죠."
우리는 자신의 뒷모습을 보지 못하기에 영화가 그 뒷모습을 관객들에게
보여 줘야 하고, 그렇게 함으로써 영화는 우리의 삶을 넓혀 줄 수 있다고
감독은 이야기한다. 뒷모습 하나로 생각이 확장되었다.

두 남녀가 과달키비르강이 보이는 어느 지점에 자리를 잡았다.
때마침 햇살이 다리 너머로 두 사람을 비추자 긴 그림자가
돌바닥에 생겨났고. 남자의 민트색 셔츠와 여자의 붉은 의상이
강물의 색과 어우러지며 달달한 화면을 만들어 냈다. 태양이
낮게 뜨는 적절한 시간, 그 빛을 받아 반짝이는 강과 멋진
건축물이 있더라도 그곳에 사람이 있어야 비로소 이야기가
생기고 공간이 완성된다.

두 남녀가 앉았던 곳에서 뒤를 돌아보니 반원 형태의 실루엣과
커다란 스포트라이트가 그 주위의 모든 배경을 비추고 있었다.
이제 이 무대 가운데로 주인공이 등장하기만 하면 된다.
그리고 얼마 지나지 않아 붉은색 티셔츠를 입은 주인공이
자전거를 타고 무대 정중앙을 지났고 나는 주저 없이 셔터를
눌렀다.

일요일 아침, 영화 <시네마 천국>의 어린 토토를 닮은 레알
마드리드 유니폼의 소년이 축구공을 차며 가족과 함께 앞으로
걸어왔다. 카메라를 의식한 듯 여동생을 앞질러 공을 차면서
살짝 개인기를 뽐내더니 이내 카리스마 넘치는 표정으로 힐끗
응시하며 내 앞을 지나쳤다. 물론 <시네마 천국>의 배경은
이탈리아의 시칠리아지만, 집에서 커다란 TV로 축구를 볼
소년의 모습과 동네의 허름한 극장을 찾던 토토의 모습이 살며시
중첩되었다.

<스타워즈>의 아미달라 여왕과 다스베이더가 되기 전의 아나킨 스카이워커가 연애하던 그 유명한 스페인 광장 건물 2층 정중앙에 로맨틱한 노을빛을 받으며 용감한 키스를 하는 남녀가 포착되었다. 내가 만약 그들의 뒤에 있었다면 영화 <펀치 드렁크 러브>의 하와이에서 포옹하던 장면의 주인공들 실루엣까지 재현해 볼 수 있는 순간이었다고 잠시 쓸데없는 생각을 해 보았다.

조감독 윤지가 길게 늘어진 복도를 바라보며 휴대폰을 들었다.
몇 시간 전 스페인 광장 초입에서 그녀의 인생 사진을 한 장
찍어 주었는데, 이 사진 역시 인생 사진이 될 듯싶다. 아무렇게나
찍어도 잘 나오는 이런 공간에선 본 촬영이 더 긴장되는 게 어쩌면
당연한 반응일지도 모르겠다. 게다가 잔인하게도 가장 아름다운
태양은 하루에 단 두 번 그것도 30분씩밖에 없다. 갑자기 더
불안해졌다. 촬영은 항상 이런 식이다.

.

스페인 광장 한복판에서 교회 친구를 만날 확률은 얼마나 될까?
섭외했던 마차를 찍기 몇 시간 전 실제로 그런 일이 일어났다.
친구는 아내랑 딸과 함께 여행 중이었다. 반가운 마음에
사진이라도 한 장 찍었을 법한데 촬영을 앞두고 긴장했던 탓인지
우물쭈물 친구와 헤어져 사진 한 장 휴대폰에 담지 못했다.
촬영은 항상 이런 식이다.

제트기와 제비와 제일 빛나던 달이
아직 태양이 남아 있던 파란 하늘에 함께 걸렸다.
세비야를 떠나던 마지막 날이었다.

이슬람 사원과 카톨릭의 기묘한 동거로 유명한 메스키타 사원
안의 어느 전시실 안으로 수녀 한 분이 들어섰다.
그녀는 순간 고통받는 예수 그리스도의 표정을 보았는지 들고
있던 지팡이를 감싸 쥐며 슬픈 표정을 지었고, 뒤따라 들어온
일행 중 또 한 명의 수녀님은 눈물까지 살짝 훔쳤다.
갑자기 노래 하나가 생각났다.
「His eye is on the sparrow(그분의 눈길은 참새 위에 머무네)」
영화 <시스터 액트 2>에서 로린 힐이 부르던 가스펠이다.

Why should I feel discouraged,
Why should the shadows come,
Why should my heart be lonely,
And long for heaven, heaven and home,
When, when Jesus is my portion,
My constant Friend is He
Oh, oh-oh, his eye is on the sparrow,
I know He watched, watched it over me

I sing because I'm happy (happy)
I sing because I'm free (free free free)
I know His eye, his eye is on the sparrow,
I know, I know He watches over me

스페인 화가 디에고 벨라스케스의 「시녀들」을 주제로 전개되는 광고를
위해 그 그림이 걸려 있는 마드리드의 프라도 미술관으로 향했다.
사실 나는 그림과 관계없이 최근 다시 꺼내 듣게 된 필리핀 여가수 레진
벨라스케스의 이름에 관심이 더 쏠렸는데, 고등학생 시절 그토록 즐겨
들었건만 그녀의 이름 뒤에 붙은 성이 벨라스케스인 줄은 이제서야
알게 된 것이다. 그 청아한 목소리를 가만히 듣고 있자니 문득 필리핀과
스페인의 관계가 궁금해졌다. 스페인의 옛 식민지였던 필리핀은 무려
327년간 스페인의 지배를 받았는데, 필리핀이라는 국가명 자체가
필립2세의 이름에서 따온 거라고 하니 그녀의 성이 왜 벨라스케스인지
이해가 되었다.
언젠가 필리핀이 음악적으로 선택받은 민족임을 보여 주는 다큐멘터리를
본 기억이 난다. 국민 대부분이 음악에 소질이 있어 노래를 잘 부르는
사람이 많고, 절대음감의 비율도 다른 민족에 비해 월등히 높다고 하니
그녀의 뛰어난 목소리는 민족이 준 것임에 틀림없다.

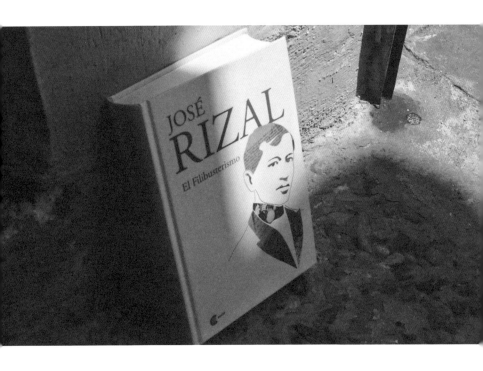

스페인 치하에서 필리핀의 독립을 주창한 호세 리살이라는 독립운동가가 있었다.
그가 죽기 전에 지은 「마지막 인사」라는 시가 있는데, 그 시에 선율을 붙여 노래를
만들어 그 곡을 노래하는 레진 벨라스케스의 목소리를 듣고 싶어졌다.

> 잘 있거라, 사랑하는 나의 조국
> 사랑받는 태양의 고향이여.
> 동방 바다의 진주
> 잃어버린 우리의 에덴동산이여!
> 나의 이 슬프고 암울한 인생을
> 기꺼이 너를 위해 바치리니
> 더욱 빛나고, 더욱 신선하고
> 더욱 꽃핀 세월이 오도록 너를 위하여도
> 나의 행복을 위하여도
> 이 한 목숨 바치리라…….

인상적 시선들

사툰 ça tourne, (롤 카메라)
악시옹 ! action! (액션 !)

파리 출신 조감독 윤지가
촬영장에서 외치는
이 낯선 구호가
이젠 전혀 낯설지 않다.
(심지어 모두 흉내 내고 있다.)

'원하는 곳에서 한 달쯤 살아 보기, 그것도 프랑스에서'

이 꿈만 같은 이야기를 영상에 담기 위해
우리는 약 40일 동안 프랑스에 머물렀다.
한 달짜리 유럽 배낭여행은 가 봤어도
내 평생 한 나라에 이렇게 오래 있어 보기도 처음,
그쯤되니 낯설던 프랑스어가 익숙한 소음으로 들려 왔다.
북쪽부터 남쪽까지 이어진 빠듯한 일정 탓에 쉴 새 없이 달렸지만
카메라만 갖다 대면 그림엽서처럼 잡히던 아름다운 공간들이
슬슬 그리워지기도 한다. 특히 프랑스 음악가들의 곡이
라디오에서 흘러나올 때면 더더욱 그렇다.

달리는 차의 속도 때문에 생긴 카메라 왜곡 현상으로 상이 흐릿해졌다.
마치 인상주의 화가들의 붓 터치처럼 보이는 것은 기분 탓일까?
촬영을 위해 떠나온 우리는 지금 프랑스의 어느 국도 위를 달리고 있다.
저 멀리서 바람에 실려 온 목관악기들의 소리가 들려온다.

라벨,
피아노 협주곡 G장조 2악장
Maurice Ravel, piano concerto in G Major 2nd mvt

2016. 5. 5

창문을 모두 연채
한남대교를 건너자
거짓말처럼
피아노 트릴(떤 꾸밈음)과 함께
플루트가 공간 속으로 스며들었다.
라벨의 피아노 협주곡이
봄바람을 가득 싣고서
푸른 5월을 알리고 있다.

플루트가 주는 음색은 봄을 연상시킨다.
호흡에서 새어 나오는 특유의 파열음이
속삭이는 봄바람을 닮았다.
라벨의 피아노 협주곡 G장조 2악장은
잔잔한 세 박자의 리듬과
세련된 화성을 품은 곡조가
담담하게 마음속으로 파고드는데
몽롱한 겨울 연기 같은 피아노를
신선한 봄바람으로 걷어 내려는 듯
살며시 플루트가 등장한다.

라벨, 볼레로

Maurice Ravel, Bolero

말장난 같지만 그곳은 카메라를 가져다 대면 그림이 나오는 그림 같은 공간이었다.
고성 밀집 지역인 뚜르를 이 잡듯 뒤져 찾아낸 그곳에서 또 한 편의 광고가 만들어졌는데,
손님을 맞이하는 세 명의 인물이 성 구석구석을 거닐면 일정한 박자 패턴의 반복과 함께
점점 고조되는 구조를 지닌 라벨의 「볼레로」가 흘러나온다.
그림 같던 뚜르의 '고성'과 음으로 그림을 그리던 '라벨'이 만났다.

고양이 한 마리가 낮잠을 잔다.
그녀가 누워 있는 곳은 노을을 머금은 황금빛 앙부아즈성이
비치는 어느 창가 앞,
다시 말해 그곳은 고개만 들면 그 아름다운 성을 쉽게 바라볼 수
있는 명당 중의 명당인 셈이다.

생트크루아호수
Lac de Sainte – Croix

베르동 협곡의 안쪽,
생트크루아호수

무스티에 생트마리
Moustiers-Saint-Marie

무스티에 생트마리
Moustiers-Saint-Marie

동화 속 마을 같은 무스티에 생트 마리, 좁은 언덕길에
조감독 할아버지 장뤽이 서 있다.
온갖 고민을 떠안은 듯한 그의 표정은 촬영이 끝나
갈수록 점점 더 밝아질 것이다.
음지에 서 있는 그가 바라보고 있는 저 양지처럼.

조감독 장 뤽의 시선(P.O.V)

블라디미르 코스마가 작곡한 「유 콜 잇 러브」로 유명한 프랑스 영화
<여학생>의 오프닝은 단연 압도적이다. 스키장의 비좁은 곤돌라 안에서
고글과 마스크를 벗은 소피 마르소의 미모에 넋을 잃고 바라보던 남자
주인공의 얼굴과 똑같은 얼굴을 한 자신을 발견할 수 있기 때문이다.

샤모니 몽블랑의 로케이션 스카우팅 첫날, 영화 속에서 보았던 모습과
흡사한 곤돌라를 발견했다. 이제는 너무 구식이라 문화유산이 되어
버린 곤돌라 안에 소피 마르소는 없었지만 캐롤라인 크루거의 청아한
목소리가 들려오는 듯했다.
'You call it love……．'

샤모니 몽블랑
Chamonix-Mont-Blanc

이틀 전 샤모니에서 엄마를 잃어버린 채 울고 있던 꼬마와
눈이 마주쳤다. 엄마 아빠를 부르는 그 아이의 파란 눈에서
눈물이 뚝뚝 떨어졌는데, 말도 안 통하는 동양인 아저씨를
바라보며 도움의 눈길을 보내는 그 얼굴이 오랫동안 사라지지
않았다. 촬영 장소를 찾고 있던 우리와 엄마를 찾고 있던 꼬마,
가치판단과 우선순위 속에서 묘한 감정이 끓어올랐다.

생말로 편에 들어갔던 음악은 전설적인 색소포니스트 시드니
베쳇의 「Si tu vois ma mère (너 혹시 우리 엄마를 보게
되면)」이었다. (영화 <미드나잇 인 파리>에서도 들을 수 있다.)
제목을 곱씹어 들으니 독특하게 떨리던 그의 특유한 색소폰
소리가 샤모니의 엄마 잃은 꼬마처럼 유난히 구슬프다.

샤모니 몽블랑
Chamonix-Mont-Blanc

드뷔시, 「목신의 오후에의 전주곡」
(Prélude à l'après midi d'un faune)

2014. 4.12
봄. 교향악 축제. 93.1, 창밖의 공기. 냄새. 드뷔시
「목신의 오후에의 전주곡」. 모든 것이 완벽하다.

차에서 듣는 방송은 언제나 93.1 클래식 FM이다.
그해 4월도 어김없이 교향악 축제 실황 방송이 흘러나왔고 창문을 통해 들어온 봄 냄새가
「목신의 오후에의 전주곡」과 섞이며 공간을 채웠다. 잘 어울린다는 의미를 후각과 청각과
촉각을 통해서 느끼는 이 순간이 더없이 소중하다. 이런 순간은 자주 있는 것이 아니기에
더더욱 그렇다.

음악 칼럼니스트 정준호 선생님이 보내 주시는 '정준호의 카멜롯'이라는
카카오 채널이 있다. 그 날 오전에도 수신음이 울렸다.

> 드뷔시의 음악을 배경으로 광고 녹음을 한 적이 있는데요,
> 제작하신 분이 음악의 어디를 써야 할지 모르겠다고 하더군요.
> 감정의 고저가 뚜렷하지 않고 어슴푸레한 드뷔시의
> 「목신의 오후에의 전주곡」이었습니다.

드뷔시는 향기, 바람, 물과 같은 움직이는 대상의 인상을 음악에 담으려
했고, 음색의 미묘한 변화를 나타내려 했다.
향기에 취할 때 느껴지는 몽롱함을 표현한다면 이 곡보다 더 잘 어울리는
음악은 없을 것이다. 마치 작곡가의 의도가 전달된 것처럼 그라스의 향수
공장에서 우리는 그렇게 취해 갔고 무사히 그의 음악이 전파 속으로
올라탔다.

루앙의 라 쿠론 식당

la couronne

루앙에 갔을 때 운이 좋게도 6백 년이 넘은 라 쿠론 식당에서 점심을 먹을 수 있었다.
유명 인사들의 사진으로 도배되어 있는 공간 뒤쪽 창밖에서 무명 연주자의 아코디언
소리가 들려왔다. '값싼 손풍금'이라고 불리며 비싼 피아노를 대신해 가난한 연주자들의
친구가 되어 주었던 아코디언 소리를 프랑스에서 듣고 있자니 에디트 피아프의 목소리가
떠올랐다. 카랑카랑하면서도 슬프게 떨리는 음색이 사뭇 닮았다.

비아리츠 해변가에 연인으로 보이는 두 남녀가 앉았다.
그들을 보며 문득 세 사람을 떠올렸다.
에디트 피아프와 마르셀 세르당 그리고 지네트 느뵈.
그리고 해피엔딩으로 그들의 이야기를 마무리짓고 싶어졌다.

밤새 그녀를 보기 위해 먼 곳에서 날아 온 덩치 큰 남자는 그녀를 지그시 응시하지만
여자는 미안하고 고마운 마음에 남자의 눈길과 마주치지 못한다.
이윽고 어디선가 들려오는 바이올린 선율이 파도 소리와 함께 뒤섞인다.

나폴레옹3세와 유제니 황후가 살았다는 비아리츠의 Hôtel du Palais(궁전호텔).
광고 속 그 호텔의 어느 방 발코니 앞으로 확 트인 바다가 보이면 에디트
피아프의 「라비앙 로즈」가 흘러나온다.

피아프의 연인이었던 복싱 미들급 세계챔피언 마르셀 세르당이 그녀를 만나러
오던 중 비행기 사고로 세상을 떠나는데, 탑승자 전원이 사망했던 그 비행기 안에
당시 세계적으로 주목받던 바이올리니스트 지네트 느뵈도 타고 있었다.

逆光(역광),
빛을 바라본다는 것,

비아리츠를 떠나던 날,
어마어마한 황금빛 태양을 만났다.

純光(순광),
빛에 드러난다는 것,

궁전호텔(Hôtel du Palais) 건물 전체가
마치 거대한 황금 덩어리처럼 보였다.

밤이나 낮이나 오직 당신 한 사람만을 생각해요.
가까이 있거나 멀리 있거나,
당신이 어디 있든지 나는 당신을
밤낮으로 생각하고 있어요.
내가 어디에 있든지 밤낮으로 당신 생각을 떨쳐 버릴 수가 없네요.

시끄러운 거리에서도, 조용하고 쓸쓸한 방에서도,
나는 밤낮으로 당신을 생각합니다.
내 마음은 굶주림과 타들어 가는 고통 속에 있어요.
내 사랑을 받아 줄 때까지 이 괴로움은 계속되겠죠.
밤이나 낮이나.

밤과 낮
Night And Day

콜 포터

night

day

비아리츠

night

day   비아리츠

night

day

아비뇽

night

day

콜마르

night

day   파리

2018. 4. 4
어제 오전에는 갈매기의 똥에 맞더니
오후에는 갈매기의 발바닥을 보았다.

겉과 속

이 정도면 나름 포르투와의 인연이 깊다고 말할 수 있겠다. 세 번씩이나 그곳에 갈 수 있으리라곤 생각하지 못했으니까.

10년 전 포르투의 건축가 알바로 시자의 사무실에서 일하던 친구의 권유로 처음 이곳을 여행한 이후 촬영을 위해 두 번 더 이곳을 밟았다. (알바로 시자의 건축물은 국내에도 몇 군데 있는데, 광고 촬영을 위해 파주출판단지에 있는 미메시스에 자주 가곤 했다.)

나같이 이런 일을 하는 사람들은 멋진 곳을 보게 되면 장소 욕심이 생겨서 그곳을 카메라에 담고 싶어 하는데, 이곳에 와서 보게 된 멋진 장소들을 언젠가 카메라에 담아 보리라 막연히 꿈꿨었다.

이런 바람이 두 번씩이나 이루어지다니…… 정말 고마운 일이다.

외장하드의 10년 전 사진부터 들추어 천천히 살펴보다가 문득 '겉과 속'이라는 제목을 붙이고 싶어졌다.

의도였다면 자연스럽게, 의도하지 않았다면 나름의 의미를 부여하는 식으로 두 장의 사진들을 골라내면서 어디서나 동시에 존재하는 양면의 모습을 나열해 본다.

겉

광고 촬영을 위해 도착한 곳은 포르투갈의 북서쪽 항구도시
포르투에 있는 '카사 다 무지카'였다.
겉모습을 살펴보면 도시 한가운데 떨어진 거대한 운석 같은
모양인데, 사실 이곳은 수년 전 방문했을 때 렘 콜하스의 멋진
건축물에 반해 꼭 다시 와 보고 싶던 곳이었다.
그리고 이곳에서 러시아 출신 여자 바이올리니스트가
차이코프스키의 바이올린 협주곡을 연주하는 모습을 담게 되었다.
좋아하는 건축물과 음악, 이 두 조합을 한꺼번에 맛보게 되는
행운이 온 것이다.

1985년 즈음인가······.
정경화 선생님이 연주한「차이코프스키의 바이올린 협주곡」은
태어나서 처음 선물 받았던 앨범이다.
때문에 가장 많이 들었던 클래식 곡이기도 한데, 어쩔 수 없이 짧은
듀레이션(지속되는 시간)을 가지고 있는 매체의 특성상 19분에
이르는 1악장을 광고에서 쓰일 1분 버전으로 잘라내야 했다.
차이코프스키 할아버지가 무덤에서 벌떡 일어날 법한 이런 상황
속에서 당황해하던 바이올리니스트를 달래 주며 우리는 촬영을
이어 나갔다.

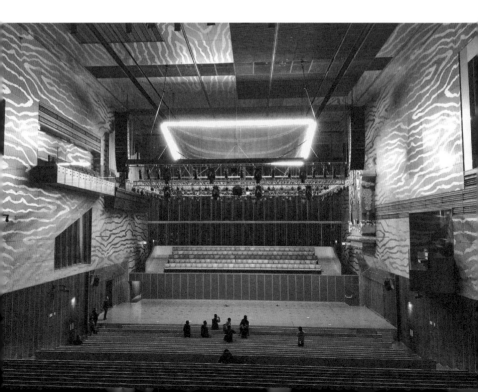

겉

카사 다 무지카(음악의 집) 바로 앞 쪽에 있는 건축물의 겉모습은 포르투에 있는 구도시의 오래된 건축물들과는 사뭇 느낌이 다르다. 실제로 렘 콜하스는 오래된 도시와 강한 대비를 이루기 위해 카사 다 무지카를 모던한 형태로 설계했는데 이와 조화를 이루며 서 있던 그 앞의 건물들이 음악의 집 프로젝트의 연작처럼 보이기도 했다.

카사 다 무지카의 가장 큰 특징 중 하나는 건물 앞뒤로 곡선 형태의 유리창을 두어 자연광을 콘서트 홀 안으로 들어올 수 있게 했다는 점이다. 노을이 지는 시간에 공연이 열린다면 붉은빛 태양을 끌어안은 채 연주하는 오케스트라의 모습을 볼 수 있을 것이다.

겉

오랜만에 다시 찾은 카사 다 무지카 앞에 붉은색의 손 모양을 한
미술 작품이 놓여 있었다. 특이하게도 그 손은 겉과 속이 같은,
혹은 손등만 있는 (손바닥이 없는) 모양을 하고 있었다.

루마니아의 작가 보그단 라처(Bogdan Rață)의 작품인 이 「Middle
Way(중도)」라는 조각품은 포르투갈과 루마니아의 우정을
기념한다고한다.

겉

세 번째로 포르투를 방문하던 날,
포르투갈의 독특한 타일 장식인 아줄레주(Azulejo)의 겉모습을 한
하늘이 나타났다.

속

카사 다 무지카 안에도 아줄레주 장식이 있는 방이 있다.
포르투갈의 정체성을 드러내려는 네덜란드 건축가의
배려였는지는 모르겠지만 이곳은 작은 방 안 가득히 아줄레주로
차 있다.

겉

로케이션 스카우팅을 위해 도착한 '영혼의 예배당(Chapel of Souls)'은 18세기 초에 세워진, 포르투에서 가장 아름다운 교회 중 하나로 건물의 겉면 가득히 아줄레주로 채워져 있다. 바로 앞에 있는 볼량 지하철역에서 에스컬레이터를 타고 올라왔을 때 보게 되는 광경은 극적이기까지 했다. (이러한 동선을 고려한 도시설계자에게 박수를 보낸다.)

때마침 나는 그 앞을 지나던 두 여인을 카메라에 담고 있었는데, 그 모습을 조감독이 촬영해 보내 주었다.

속

그 순간 카메라 속에 담긴 두 여인의 모습

거대한 아줄레주 벽화 속 내용은 아시시의 성 프란시스(Saint Francis of Assisi)와 성 캐서린(Saint Catherine)의 삶의 순간들을 묘사하고 있다고 한다.

겉

사실 이곳은 겉보기에도 촬영하기엔 너무나도 불리한, 아니 거의
불가능한 조건을 갖추고 있었다.
2차선 일방 통행의 좁은 도로 폭에 포르투의 가장 유명한 쇼핑
거리 중 하나인 산타 카타리나 대로(Rua de Santa Catarina)
한복판에 있어 차들과 사람들이 항상 붐볐다. 그런데 현지
로케이션 매니저의 엄청난 활약 덕분에 경찰의 도움까지 받으며
무사히 촬영을 진행할 수 있었고, 촬영 당일 앵글을 잡으며
고군분투하는 사진 한 장을 기분 좋게 남기게 됐다.

속

촬영 장비를 세팅하는 동안 궁금해진 성당 내부를 구경하려고
살짝 안으로 들어갔는데, 이 속에서는 정신없던 바깥 상황과는
너무나 다르게 아주아주 조용한 미사가 진행 중이었다.
동시에 일어나는 상반된 분위기에 잠시 멍해 있다가 다시 밖으로
나와 모니터 앞에 앉았다.
그 속엔 여전히 푸른색 아줄레주가 가득 차 있었다.

겉

렐루 서점을 아무 정보 없이 처음 방문했을 때의 그 비주얼 충격은 아직도 잊을 수 없다.

화려한 아르누보 양식의 숨막힐 듯 아름다운 외관에 한동안 입을 다물 수 없었다.

조앤롤링이 이곳에서 영감을 받아 해리 포터의 움직이는 계단을 만들었다고 하는데, 책은 안 사고 구경만 하는 엄청난 수의 방문객 때문에 지금은 입장료까지 받고 있다.

속

촬영에 앞서 미리 30분간의 서점 방문을 약속받았다.
서점 문 열기 30분 전인데도 5백 미터 넘게 늘어선 사람들의 줄을
지나 텅 빈 이곳으로 들어가는데 사람들의 눈총이 여간 따가운
게 아니었다.
주위를 둘러보던 중 익숙한 음악이 흘러나왔다. 바로 포르투갈
민요 파두(fado)의 대모인 아말리아 로드리게스의 목소리였다.
그 음악 하나가 책과 책 사이의 빈틈을 가득 메우며 공간 속에
가득 찼다.

겉

어느 골목길에 들어서자 따스한 봄 햇살과 함께 그림자가
반쯤 드리워져 있는, 겉 표면이 오돌토돌한 민트색 벽 하나가
나타났다.

속

골목길 하나를 내려오자 맞은편 건물과 건물 사이 속에 노란색
눈의 커다란 고양이 하나가 모습을 감추고 있었다.

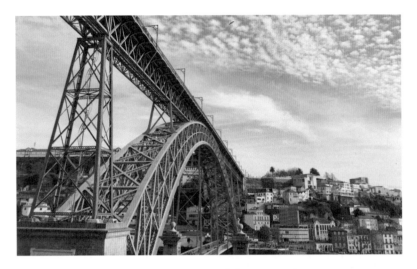

겉

미야자키 하야오의 애니메이션 <천공의 성 라퓨타>가 생각난 건 순전히 이 '동 루이스 1세 다리' 때문이었다. 만화 속에 등장하던 마을과 흡사하다고 느낀 건 겉모습이 철골로 되어 있으면서도 거침과 포근함을 동시에 주는 특별한 느낌 때문이었을 거다. 여전히 아름다운 이 다리를 건너기 위해 우리는 점점 앞으로 다가갔다.

속   누군가 다리 위에 있었다. 잠수복을 입은 그는 곧 뛰어내릴 참이었다.
호흡을 가다듬고 신중히 주위를 살피던 그가 준비됐다는 손짓을 하자
다리 밑에 있던 누군가가 모자를 내밀어 돈을 받기 시작했다.
겉으로는 멋진 도전 같았던 그들의 속마음이 드러나는 순간이었다,

걸   두오로강이 보이는 마을 걸 풍경

마을 속 어느 집, 빨래를 너는 여인

두오로 강변, 그 남자의 겉 모습

두오로 강변, 그 남자의 속마음

겉

2008년의 동루이스 1세 다리
겉으로만 본다면 10년 전 사진인지
요즘 사진인지 쉽게 구별할 수 없다.

속

2018년의 동루이스 1세 다리
단지 변한게 있다면 마을 속 사람들,
오크통 속 와인들, 마음 속 다짐들······.

겉　　　　　2008년 카사 다 무지카 앞 도로,
날 위해 이곳까지 와 준 여인 두 명이 서 있다.
포르투의 구석구석을 잘 알고 있던 그녀들은
'겉'으로 보기엔 영락없는 한국인이다.

속

2016년 카사 다 무지카 앞 도로,
촬영을 준비하기 위해 모인 차량이 서 있다.
'속' 마음은 2008년의 그날을 향하고 있었고,
저기 늘어선 차 옆에 그녀들이 있었다.

겉   2016년 아침,
촬영을 마치고 공항으로 향하기 전
아쉬운 마음에 일찍 일어나 '겉'으로 여행객인 척하며 찍은 사진

속

2018년 밤,
이제 마지막 밤이라는 생각에 무척이나 아쉬워하는
'속'마음을 품고 뭐라도 찍어야겠다는 생각으로 찍은 사진

겉　　　　　　밤의 색(Color of the night), 2018

속

밤의 색, 2016

느린 바람의 노래

말러, 교향곡 제5번, 4악장, 아다지에토
Mahler, Symphony No. 5 in C sharp minor 4th mvt, Adagietto

4년 전 호주에서 촬영한 한 아웃도어 브랜드의 광고는 쉽게 잊을 수 없는 몇 가지 이유가 있다. 그중 하나는 요즘 말로 브금(BGM) 때문인데, 광고에 등장한 말러의 교향곡 제5번 4악장 아다지에토(느리게)는 배경음악의 역할을 뛰어넘는 어마어마한 존재감을 발휘해 주었다. 그래서 사실 긴 시간이 흐른 후에도 큰 빚을 졌다는 마음을 저버릴 수가 없다. 더군다나 저작권이 말소된 곡이란 걸 생각하면 마음의 빚이 곱절로 커진다.

2014. 10. 1
말러 교향곡 제5번 4악장.

(국내 초연 ─ 국내 광고에서 처음 이 곡을 사용했다는 의미의 표현으로
─ 이라고 말하고 싶을 정도로) 기쁘다.

우연일지라도 운명적으로 만나는 곡들이
있다고 믿고 싶다.
출근길 라디오에서 흘러나온 말러의 교향곡 5번
4악장은 타이밍이 절묘했다.
몇 시간 후에 있을 제작회의 때 제시할 음악이
썩 마음에 들지 않았었는데, 드디어 모습을
드러내 준 것이다.
망설일 틈 없이 마음속으로 바로 결정해 버리곤
광고주가 제발 승낙해 주길 간절하게 바랐다.
그리고 한국에서 광고 음악으로는 처음으로
이 곡이 선택되었다.

맘에 드는 바다를 찾기가 쉽지 않았다. 몇 군데의 바다를 지나
시드니에서 세 시간 정도 걸려 도착한 스탁톤 비치엔 때마침
비가 오고 있었다. 사막과 바다가 만나는 공간에 드라마틱한
구름까지 더해져 기묘한 광경을 보여 주던 그곳에서 헤어졌던
두 남녀가 다시 만난다면 다시는 헤어지지 않을 것 같았다.
사진 속 저 멀리 촬영감독님과 조감독이 그들을 대신해 자리를
잡았다.

잠시 후 거짓말처럼 비가 그치더니 어마어마한
무지개가 눈앞에 생겨났다.
휴대폰 카메라의 화각으로 담을 수 없을 정도로
그렇게 선명하고 커다란 무지개는 처음이었다.
무지개는 성경에서 약속을 의미한다.
장소를 선택하는 데 있어서 이보다 더 확실한
신호는 없었다.

내가 내 무지개를 구름 속에 두노니 그것이 나와 땅 사이에
맺은 언약의 증표가 되리라.
내가 구름을 가져다가 땅을 덮을 때에 무지개가 구름 속에서
보이면 내가 나와 너희와 또 모든 육체의 살아 있는 모든
창조물 사이에 맺은 내 언약을 기억하리니 다시는 물들이 모든
육체를 멸하는 홍수가 되지 아니하리라.
무지개가 구름 사이에 있으리니 내가 그것을 보고
나(하나님)와 땅 위에 있는 모든 육체의 살아 있는 모든 창조물
사이에 맺은 영존하는 언약을 기억하리라.
하나님께서 노아에게 이르시되, 이것이 내가 나와 땅 위에
있는 모든 육체 사이에 세운 언약의 증표라, 하셨더라.

창세기 9:13~17, 킹제임스 흠정역 성경

완벽하게 반원 형태를 갖춘 무지개는 한참
동안 하늘에 떠 있었고 결국 우리는 카메라의
파노라마 모드를 사용하지 않을 수 없었다.
드디어 바람과 구름과 햇살과 무지개 그리고
사막과 바다가 한 프레임 안에 들어왔다.

촬영 하루 전날 많이 아팠는데 밤 사이 기적적으로 열이
떨어졌다. 그저 감사한 마음으로 바닷가에 나온 그때 잊을 수
없는 빛깔의 하늘이 서서히 열리고 있었다. 붉은빛과 푸른빛의
하늘이 서로 어우러져 점점 번져 나갔고 얇은 구름 층이 하늘을
한층 드라마틱하게 꾸며 주었다.
자, 이제 이 배경 위로 모든 피조물의 으뜸인 인간이 들어오면
모든 것이 완벽해진다.
그리고 늦지 않은 그 시간, 그 바닷가로 그녀가 들어섰다.

재회

새벽이 막 지난
이른 아침이었다.
분홍빛 하늘이 점점 파랗게 변해 갈 무렵
말러의 「아다지에토」가 바람에 실려
넓은 해변을 서서히 채워 나가자
그녀를 뒤로한 채
바다 위로 날아오른 카메라는
파도를 뚫고 점점 앞으로 나아갔다.
하늘의 빛깔과 바다의 빛깔이
만나 어우러지는 어느 지점에서
카메라의 시선이 조심스럽게 뒤를 돌아보자
저 멀리 그가
그의 오래된 자동차와 함께
그녀 옆에 서 있었다.

탕웨이와 성준,
두 남녀는
사막과 바다가 만나는 공간에서
다시 만났다.

질주

흰 돌고래를 닮은
성준의 알파로메오가
백사장 안으로 들어섰다.
이제 곧 두 사람이 이 차를 타고
시원한 바람과 함께
좌석 안으로 튀어 들어오는
바닷물을 맞으며
이곳을 달리게 될 것이다.
흰색 돌고래 자동차는
자신의 마지막 질주인 것을
알아차리기라도 한듯
치명적인 바닷물을
온몸으로 맞으며
시원하게 바람을 갈랐고
장렬히 운명을 맞았다.

이별

촬영을 위해 우리가 기다리던 시간은
짜인 시나리오대로 그와 그녀가 이별해야
만하는 시간 ─ 해가 지고 가로등이 켜질 무렵
─ 이었다.
이렇게 맑은 하늘을 마주하며 저물어 가는 해를
그냥 바라보고만 있자니 뭔가 엄청 큰 낭비를
하고 있다는 생각이 들었다.
빛을 담아야 하는 사명감 내지는 강박관념이
죄책감 비슷한 감정까지 마음을 몰아세웠다.
그럼에도 아직 해가 지려면
몇 시간은 더 남아 있는 그 무렵,
저 멀리 그의 자동차와 닮은
고래 모양의 구름이 하늘 위에 나타났다.
바람이 불면 곧 사라져 버릴 고래 구름처럼
해가 지면 헤어짐을 맞이하게 될
두 사람의 모습을 머릿속에 그려 보며
우리는 계속 이별을 기다리고 있었다.

운명

광고의 캠페인은 재회, 질주, 이별, 운명이라는
주제를 가지고 총 네 편이 만들어졌다.
그중 마지막 장소는 운명 편에서
그가 달리게 될 잔교(棧橋)였는데
이곳은 바다가 아닌 커다란 호수였다.
망원렌즈의 깊이감을 앞세워 달려오는
그의 모습을 담기에 안성맞춤인
이곳에서 마지막 컷 사인을 외칠 때까지
태양은 끝까지 모습을 드러내 주었고
긴 촬영이 모두 마무리되었다.
그녀를 향해 힘껏 달리던 그와
그를 기다리던 그녀의 모습을
우리는 다시 볼 수 있을까?

1년 뒤, 바람대로 두 남녀는 헤어지지 않고 즐거운 만남을
이어 가고 있었다.(현실적으로 말하자면 작년에 이은
그 다음 해의 시즌 광고를 촬영할 수 있게 되었다.)
도심이 보이는 바닷가를 거닐 때 흐르는 음악은 냇 킹 콜의
「Te Quiero Dijiste(사랑한다 말했지요)」
낭만이라는 단어와 잘 어울리는 그의 목소리가 흐르면
어느 누구라도 곧 사랑에 빠질 것 같다.
구름보다 커다란 태양이 보이는 이런 곳에서는 더더욱…….
작년에 이어 다시 만난 두 사람,
이 둘은 이제 냇 킹 콜의 목소리와 함께 그저 사랑에 취하면 된다.

본다이 비치가 한눈에 담기는 풍경 앞에 두 남녀가 나란히 앉았다.
로케이션 스카우팅 중에는 제 아무리 유명한 해변이라 할지라도 콘티를 떠올리며
그 공간을 바라봐야 하는 까닭에 마음 놓고 대상을 바라볼 수 없다.
사실 어떤 구체적인 이유를 가지고 무언가를 바라본다는 것이 얼마나 피곤한 일인가.
그 순간 아무 이유 없이 대상을 바라보는 것이 군 시절에 느꼈던 민간인들의 자유에
견줄 수 있을 정도로 소중해 보였다.
하지만 잠시 동안의 푸념을 뒤로 한 채 우리는 곧 마음 놓고 해변을 거니는 세상 가장
행복한 남녀의 자유를 담아내기 위해 눈을 똑바로 부릅뜨고 다시 발걸음을 옮겼다.

남자 러너(제작 조수)와 여자 조감독이 잠시나마 연인이 되었다.
비록 시뮬레이션이라 할지라도 느낌 있는 대역이 그 역할을 해
준다면 큰 만족감을 얻게 된다.
저 멀리 『드래곤볼』의 원기옥처럼 보이는 거대한 에너지
덩어리가 마주보는 두 사람의 머리 위에 떠 있었는데, 실제로
며칠 전 처음 만난 두 젊은 남녀의 서먹하지만 두근거리는
마음이 실루엣에서 느껴지는 듯했다. 물론 그녀는 동의하지
않겠지만……

내게 냇 킹 콜의 존재는 사후에 딸이 아버지의 목소리에 자신의
목소리를 입혀 녹음한 「언포게터블(unforgettable)」부터였다.
얼마 전 우연히 그의 딸 나탈리 콜의 모습을 보고 조금 놀랐다.
앨범 재킷 사진으로 기억하고 있던 그녀의 모습이 세월 속에
완전히 사라져 버린 것이다.

하지만 20년이 흘렀어도 그녀는 여전히 'unforgettable(잊을 수 없는)'하다.
그리고 역시 잊을 수 없는 또 한 사람, 냇 킹 콜이 느린 바람을 타고 다시 세상에 나왔다.
Nat King Cole – Te Quiero Dijiste
(나탈리는 2015년 12월 마지막 날 세상을 떠났다.)

색
의
모
습
들

"눈으로 보는 것과 사진은 다르다. 사진은 거짓이다."
"사진을 찍지 말고 눈으로 보고 느끼고 카메라가 아닌
 마음속에 장면들을 담아 가라."

대학 시절 첫 사진 수업 때 선생님께 가장 먼저 들었던 말과 프라하 민
박집에서 만난 집주인 아저씨의 말은 목적은 달랐지만 분명 통하는 구
석이 있었다.
얼핏 보면 그 둘 사이의 간극을 좁혀 가기 위해 기술이 더 발전하고 있
는 것일지도 모르지만 그 속을 들여다보기 위해선 담는 툴(tool)보다는
무엇을 왜 찍으려 하는 것인가에 대한 고민이 먼저 이루어져야 하는 건
분명한 사실이다.
두 분의 말에 내포되어 있던 의미는 대략 이러할 것이다.
"자신만의 색을 찾아라."

여행을 포함해 촬영까지, 세 번의 프라하를 볼 수 있었다.
민박집 아저씨의 코멘트를 무시한 채 난 여전히 셔터를 눌러 댔지만 그
곳의 풍경과 사람과 음악을 만날 수 있었다. 눈에 보이는 풍경색부터
귀로 보이는 그들의 음색까지 이 요소들은 '색'이라는 한 단어로 압축
될 수 있을 듯하다.
그리고 조금씩 쌓인 그것들은 이제 나의 색을 찾기 위한 근거가 되어
가고 있다.

어느 가을,
광고 촬영을 위해 체코 프라하에 도착했다.
유럽에 왔다는 설렘을 뒤로 한 채 우리가
취해야 할 그림은 대략 이러했다.

'기업의 제품과 기존의 악기가 합쳐진 형태의
새로운 악기로 오케스트라가 연주를 하면
명화 속 주인공들이 청중이 되어
그들의 연주를 지켜본다.'

2008. 10. 01

영락없는 평범한 아저씨다.
옆집에서 방금 나온 듯한 아저씨가 손에 트럼펫을 들고 이쪽으로 걸어오고, 잠시 후 지하철
내 옆자리에 앉아 있을 것 같아 보이는 아줌마가 어깨에 첼로를 메고 들어온다.
오늘은 프라하 국립오페라극장의 오케스트라 단원들이 라보엠 첫 리허설을 하는 날이다.
하나둘씩 모여드는 그들의 모습에서 예술과 하나 된 자연스러운 일상의 자태가 드러남을
나는 너무도 부러운 눈초리로 지켜보고 있었다.

조감독 시절 모델 테스트 촬영을 위해 선발대로 도착한 프라하에서
국립오페라단의 연주자들을 만났다. 클래식 음악을 하는 우아한 사람들이라는
선입견이 무시된 채 수수한 모습에서 느껴지는 동네 아저씨 같은 친근함이
첫인상으로 강하게 남았다.

2008. 10. 06

촬영이 무사히 끝났다.
연주자들의 사운드를 따로 담지 못한다는 것이
못내 아쉬웠지만 오랜만에 실컷 그들 속에 섞여서
음악과 함께 있을 수 있었다.
연주할 수 없는 지경에 처한 3D 그래픽 합성용 낡은 첼로에
아무 말없이 자신의 새 줄을 갈아 끼우고
정성스럽게 표면을 닦아 주던 첼로 연주자의 모습이 생각난다.
악기란 그들에게 단순히 밥벌이용 기구나 수단이 아니라
또 하나의 자식이자 남편, 아내일 것이다.
살아있는 사랑스런 생명체와도 같은 존재.
나는 그것이 나무여서 좋다. 광물이어서 좋다.
손에 만질 수 있는 것이어서 좋다.
전기적인 힘에 의해서가 아닌,
스스로 공명을 만들어 낼 수 있음이 좋다.
사람과의 만남으로 살아날 수 있음이 좋다.

이름이 그 사람의 삶을 결정할 수 있을까?

손열음. 분명 그녀가 피아니스트가 되기 전에 붙여진 이름일 텐데 손가락 열 개의 음정을
뜻하는 것 같은 (물론 그 뜻이 '열매를 맺다'라고 밝혀지긴 했지만) 이름의 뉘앙스가
우연이라고 하기엔 그녀의 재능과 연주가 너무 훌륭하다.

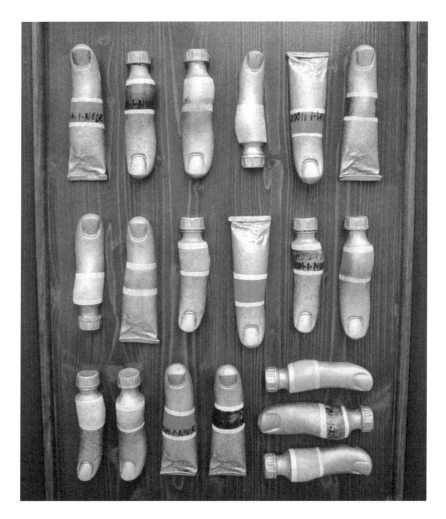

촬영 후 남는 시간을 이용해 잠깐 들렀던 체스키크룸로프의 물감 파는 가게 앞을 지날 때였다. 손가락 모양의 물감들이 걸려 있었는데 그 문짝 하나하나가 캔버스가 되어 버린 설치 작품 같았다.

미술과 음악은 겹치는 개념이 꽤 많다. 그중에서도 '음색'이라는 말은 추상적인 음악의 느낌을 시각적인 심상으로 표현해 주는 매력적인 단어임에 틀림없다.

이 작품의 제목을 마음대로 붙여 보았다.

'피아니스트'

P.O.V (시선)

몇 년 만에 같은 장소를
다시 걸었다.
카메라의 성능과
렌즈의 구경만 살짝
다를 뿐 같은 구도의
사진이 다시 찍혔다.

매너리즘

필연인지,
우연인지,
나만의 시선과
매너리즘
이 둘 중 무엇인지
가려 내야 한다.

2005

2013

2005

2013

2005

2013

2005

2008

2013
Blue & yellow

하루에 두 번, 자연과 인간의 색이 만나는 시간,
세 번째 프라하는 고맙게도 노란색과 푸른색을 동시에
선물해 주었다.

2013   Blue & yellow

2005   흘러가는 시간과 흘러가는 사람들의 색

2013   Blue & yellow

푸른 하늘과 노란 광장의 사람들

2013   Blue & yellow

냉정과 열정 사이의 부부

같은 비용이면 이곳보다 훨씬 더 유명한 유럽의 관광지들이 줄지어 있기에 여행지로 러시아를 선뜻 결정하기란 쉽지 않다. 하지만 이런 러시아를 사랑한 네 남자(수스키, 준스키, 택형, 설뱀)가 있었고, 스스로 여행 책까지 냈으니 그들이 항공사 광고의 주인공이 된다는 것은 운명과도 같은 것이었으리라. 그들과 함께한 러시아 촬영은 꾸며 낸 것이 아닌, 진짜 그들의 이야기였기에 더 가슴 뛰었다.

또한 좋아하던 러시아 작곡가들의 음악을 그림 속에 실컷 넣어 볼 수 있다는 것 하나만으로도 충분히 설레었다.

서로 같은 풍경을 바라봤던 탓이었을까, 광고 속에 들려오는 그들의 음악은 단 1초의 망설임도 없이 매끄럽게 섞여 들어갔다.

에르미타주 미술관 맞은편으로 보이는 네바강을 지나가는 배라도
카메라에 걸렸으면 하는 마음으로 뷰파인더를 보고 있는데,
문득 내가 지금 바라보는 풍경이 러시아 음악가들의 시선 중
하나였을거라는 생각이 들면서 갑자기 기분의 변화가 일어났다.
순간 떠오른 그들의 선율까지 더해지며 이제야 러시아에 온 거구나
하는 마음이 들었다.

라흐마니노프 피아노 협주곡 3번
Rachmaninoff, Piano Concerto No. 3 in D minor Op.30

2014. 3. 21

한남대교 남단,
93.1 클래식 FM에서 그 곡이 흘러나온다.
신사동에서 듣는 라흐마니노프 피아노 협주곡 3번은 언제나
특별하다.
뤼미에르는 사라졌지만 소리는 공간에 남았다.

소중한 무언가를 만났을 때의 감정은 그 공간과 함께 각인된다.
라흐마니노프 피아노 협주곡 3번을 처음 만났던 건 고3 시절
학원을 마치고 갔던 신사동의 뤼미에르극장에서였다.
관객은 단 세 명. 난 맨 앞줄에서 두 번째 자리에 앉았고,
영화 <샤인>에서 흘러나오는 피아니스트 헬프갓의 연주에
빠져들었다.
그의 인생을 뒤흔든 이 곡을 영화 홍보팀은 세상에서 가장
연주하기 힘든 곡이라고 포장했다. 엄청난 스킬을 요구하는
빠른 곡임에 틀림없었지만 가장 황홀한 순간은 3악장 후반부에
등장하는 부드러운 레가토*였다.
가슴 사무치듯 우아하게 물결치는 스트링(현악기) 섹션이
피아노와 함께 흘러가는데 네바강의 물결처럼 그 멜로디가
온몸을 휘감을 때면 언제나 그 시절 그 장소가 떠오른다.
신사동은 그렇게 오랫동안 이 곡과 함께 남아 있다.

* legato. 둘 이상의 음을 이어서 부드럽게 연주하는 것

상트페테르부르크에 위치한 에르미타주 미술관에 들어섰다.
긴 복도를 지나 촬영 장소에 도착했는데, 바로 앞 기둥에
그려져 있는 악기 그림이 가장 먼저 눈에 들어왔다.
그리고 아주 단순하게도 곧 촬영하게 될 미술관 편의 음악이
내 마음속에 정해졌다.
'무소르그스키 「전람회의 그림」'

무소르그스키, 전람회의 그림

Modest P. Musorgskii, Pictures at an Exhibition

2015. 6. 18　　relevance

(표현 등의) 적절, 타당성; (당면 문제와의) 관련(성)

1874년 상트페테르부르크에서 하르트만의 유작을 모은 추모 전람회가
열렸다. 화가이자 건축가, 디자이너이기도 했던 하르트만. 그의 예술적
식견과 재능을 높이 평가했던 무소르그스키는 이 추모전을 다녀온 직후
그의 유작 가운데 열 작품을 음악으로 옮겼고, 그렇게 「전람회의 그림」이
만들어졌다.

간주곡 「프롬나드(산책)」의 주선율을 따라 그림을 감상하듯 「전람회의
그림」이 에르미타주 편 광고 속 BGM으로 흘러나왔다.
'조금이나마 관련성 있는 작업'이라는 측면에 의미를 둔다면 30초의
아쉬웠던 짧은 시간이 조금이나마 위로가 될 것이다.

러시아에서 개발된 게임 '테트리스'의 배경음악(러시아 전통민요 「까로부쉬까」)이
며칠 전 라디오에서 흘러나왔다. 러시아 월드컵 때문에 누군가가 신청한
곡이었는데, 사실 몇 년 전 이곳을 찾은 이유도 광고 속에 들어갈 그 음악의 배경을
촬영하기 위해서였다. 일반적인 작업 루트와는 반대로 배경음악을 위해 배경을
찾은 경우였는데, 뮤직비디오의 경우처럼 '음악이 먼저다'라고 성 바실리 대성당이
말해 주고 있는 듯 보였다. 덤으로 얻은 모스크바 세계군악축제(2014 스파스카야
타워)가 그 증거다.

차이콥스키, 1812년 서곡
Tchaikovsky, 1812 Overture op. 49

Tattoo
1. 문신
2. (군대의) 분열 행진
3. (특히 군대에서 신호로 북을) 둥둥 두드리는 소리, 귀영을 알리는 나팔소리

타투는 문신을 뜻하지만 발음을 조금 달리한 따뚜는 군악대의
마칭(행진) 공연을 볼 수 있는 큰 공연을 의미한다.
군악대 시절 마칭을 해 본 경험이 있는 나로서는 천 명이 넘는 전
세계 군악대가 그것도 모스크바의 그림 같은 성 바실리 대성당을
병풍 삼아 서 있는 모습을 보고는 흥분하지 않을 수 없었다.
큼직한 대포 소리와 함께 차이콥스키의 「1812년 서곡」이 정점을
향해 달리던 순간 감정은 이미 극으로 치달았고
마음속 깊이 새겨진 금관악기의 문신 자국이 밖으로 튀어나올 것
만 같았다.

1812년, 나폴레옹의 러시아 침공전(러시아에서는 '조국 전쟁'으로
불리며 러시아의 압도적인 승리로 끝난다)을 주제로 만들어진 이
곡은 러시아인들의 민족적 자존감을 드높이기에 충분할 것이다.
그리고 이날 프랑스 군악대는 참석하지 않았다.

평양 지하철의 모티브가 되었다는 이곳의 지하 세계는 과하다 싶을 정도로
웅장했고, 그에 걸맞게 차이콥스키의 1812년 서곡이 모스크바 지하철역 편
광고에 선택되었다.

다른 얘기지만 자국의 위대한 혹은 유명한 음악을 대중교통 시설과
연결시켜 본다면 도쿄의 다카다노바바역에 전철이 들어올 때마다 나오는
애니메이션 아톰의 주제곡을 떠올려 볼 수도 있겠는데, 그렇다면 4호선
쌍문역에 둘리 주제곡 정도면 괜찮지 않을까? 혹 무리수일까? [실제로
쌍문역의 부(副)역명을 바꾸어 '쌍문(둘리)역'으로 바꾸는 조례가 2014년
서울시 지명위원회에 상정되었으나 반려되었다고 한다.]

미국을 대표하는 그룹 어스 윈드 앤드 파이어(earth wind &
fire)의 「In the stone」이 브라스(금관악기) 밴드로 편곡되어
러시아의 붉은광장 한복판에서 흘러나왔다.
그리고 미국 음악으로 채워진 낯선 러시아가 러시아 속
자본주의의 낯선 풍경들로 조금씩 나타났다.

모스크바의 어느 골목길로 접어들었다.
골목 안쪽에 있던 카페로 들어가 주문한 커피를 기다리는데,
마치 시간 여행이라도 한 듯한 낯설고 익숙한 감정이 들었다.
영어로 부르는 팝송이 흐르던 이곳은 모스크바의 스타벅스였다.

이곳이 북한의 가장 발전된 모습처럼 보이는 까닭은 아직도
냉전 시대의 구소련이 머릿속에서 지워지지 않기 때문일까?
실패한 공산주의의 어둡고 쌀쌀한 느낌을 지우기가 쉽지는
않은 것 같다.

지하철 역사를 촬영하던 중 밤 늦게 도착한 이곳은 연주자들의
포스터로 가득했다. 맞은편에 서 있던 공산당 지도자로 보이는
동상과는 대조적으로 음악이 있던 이곳만큼은 자유를 간직한
치외법권 지역처럼 느껴졌다.

신구 건축물들의 모습이 한눈에 보이던 모스크바의 어느 호텔 밖 풍경.
불쑥 올라온 고층 현대식 건물들이 투박한 이전 건물들과 대조를 이루며 서 있었다.
러시아의 가을이 생각보다 따뜻했던 만큼 이곳에 가졌던 선입견들도 하나둘씩 깨졌다.

볼쇼이 극장 뒷골목의 포스터가 <백조의 호수>였더라면
홍대 어딘가에 걸려 있는 <비보이를 사랑한 발레리나> 같은
느낌이었을까?

밤이 되면 볼쇼이 극장 앞 광장에서 바이올린을 연주하는 길거리
음악가를 촬영하기로 했다. 그의 흔들리는 실루엣을 통해 바라본
극장의 모습이 화면 안에 담기자 비로소 모스크바에서의 촬영이
마무리되었다.

차이콥스키 음악원에 갈 수 있었던 건 행운이었다.
동상 앞에서 인증 사진 찍는 건 촌스러워서 별로 안 좋아하지만
셔터를 누르지 않을 수 없었던 그의 동상 앞에서 어릴 적
처음으로 어려운 이름을 외웠다며 스스로 자랑스러워했던 그 위대한
음악가 '차이콥스키'를 만났다.

차이콥스키 교향곡 5번

Tchaikovsky, Symphony No. 5 in E minor op.64

2014. 9. 8

영화 <버드맨>에서
눈물을 핑돌게 만들었던 그 선율…….
어떻게 인간이 이렇게 아름다운
선율을 만들 수 있을까?
압권은 호른 솔로(Horn solo).
차이콥스키 교향곡 5번, 2악장

선율은 그렇다고 치자. 원래 멜로디 잘 만드는 걸로 유명하니까.
원래 천재로 태어났으니까.
그런데 그가 배정한 이 악기, 이 멜로디를 홀로 연주하는 이 악기,
호른(정확히 말해 프렌치 호른). 과연 이 악기의 음색을 무엇으로
표현할 수 있을까?
길게 꼬여 있는 관 덕분에 호흡과 음정을 맞추기 힘든 이 악기는 그만큼
연주하기도 어렵기에 오케스트라에서 실수도 잦은, 그래서 유난히도
까탈스러웠던 군악대장의 단골 표적이었다.
더군다나 호른 전공이었던 군악대장은 언제나 오케스트라의 촉매제 같은
호른의 역할을 강조하곤 했는데 그 강조가 강요가 아니었음을 깨닫던 순간,
이 호른 소리의 마력에 빠진 언젠가의 그 감흥은 잊을 수 없다.
중저음이면서 세심하며 날카롭고, 강하면서도 부드러워 금관 5중주와
목관 5중주 모두에 포함되는 유일하며 특별한 이 악기가 차이콥스키의
멜로디에 덧입혀져 꿈꾸는 듯한 소리를 내고 있었다.
생각해 보면 당연한 이치다. 노력과 정제가 많이 필요한 만큼 그 음색의
엑기스가 주는 파괴력은 더 크다.

차이콥스키 바이올린 협주곡
Tchaikovsky, Violin Concerto D major Op. 35

차이콥스키의 바이올린 협주곡.
어릴 적 부모님 손을 잡고 자주 가던 클래식 음악다방에 가면 유튜브도 없던 시절
귀한 비디오(연주 동영상)들을 틀어 주었는데, 갈 때마다 나는 이 곡을 찾았다.
하도 많이 재생해서 늘어난 비디오테이프 때문에 연주 장면과 소리의
씽크가 잘 맞지 않았는데, 그런 지적질을 하면서도 동영상 속 아름다운 여성
바이올리니스트를 응시하던 그때가 문득 떠올랐다. 그 후 30년쯤 지났을까,
나는 러시아 이루쿠츠크의 알혼섬으로 향하는 배에서 내려 봉고차로 갈아탔다.
슬슬 바깥 풍경이 경이로운 무언가로 변해 갈 즈음이었다.

알혼섬을 달리는 차창 밖으로 바이칼호수가 보이자 멈춰 세운
그 풍경 속으로 주인공들이 뛰쳐나갔다.
"소원 풀었다!"
봉고차 지붕에 올라가 마음껏 소리 지르는 설뱀의 목소리 위로 마지막을
향해 달리던 차이콥스키의 바이올린 협주곡 카덴차*가 올라탔다.

바이올린 협주곡 하나로 추억과 촬영이 서로 연결되었다.
물론, 차이콥스키의 하나뿐인 바이올린 협주곡이라는 점도 기억해 둘 만하다.

* 곡이 끝나기 직전의 기교적이고 화려한 부분

현지 로케이션 매니저의 지프 트럭을 타고 몇 시간을 달려 도착한 이곳은 촬영팀
두 명과 모델 그리고 연출 한 명을 포함해 총 다섯 명에게만 주어진 일종의 레어(rare)
아이템이었다. 이윽고 두 눈앞으로 카메라의 파노라마 모드로도 담을 수 없는 엄청난
스케일의 공간이 펼쳐졌고 한동안 우리는 말없이 흥분한 상태로 바람을 맞고 있었다.

점심을 먹고 나온 알혼섬의 어느 식당 앞에서 잠자던 개는 죽은 듯이
고요히 누워 있었다. 가만히 다가가 사진을 몇 장 찍었는데 여전히
그대로였다. 가끔은 반응하지 않는 무언가가 반가운 순간이 있다.
이곳이 그랬다. 우리가 아무리 소리를 질러도 커다란 자연은 묵묵히
그대로 있었다. 그러고는 차가워져 갈 것이다. 점점 하얀 겨울 속으로.

촬영을 마치고 난 몇 주 뒤, 즐겨 듣던 93.1 라디오 채널에서
우연히 알혼섬에 관한 글이 소개되었다.
차분한 전기현 선생님의 말투와 함께 늘상 듣던 시그널 뮤직이
왠지 알혼섬을 위한 단 한 번의 방송인 것처럼 잘 어우러졌다.
공간과 함께 음악이 관계를 맺는 또 다른 순간이었다.

시
크
릿
메
시
지

도쿄는 나에게 몇 가지의 처음이 있는 비밀스러운 곳이다.

첫 해외 촬영지이기도 했던 이곳에서 난 호텔을 빠져나와 몰래 시부야 거리를 걸어 보았고, 처음 해외에서 상영되는 내 영화를 보며 들뜬 마음을 몰래 감추기도 했다. 그리고 또 처음 이곳에서 촬영한 웹드라마의 제목이 '시크릿 메시지'이기도 하다. 그래서 언제나 이곳엔 비밀스런 설렘이 있다.

이곳에서 묵고 있던 호텔 창문을 살짝 열어 본다.

저 멀리 레인보우 브릿지가 보이기 시작하면 비밀스럽게 풍기는 커피 냄새와 하루카의 목소리 그리고 스크랴빈의 「에튀드」가 밀려오는 듯하다.

아침에 일어나 몰래 커튼을 열어 보니 비밀스러운 광경이 펼쳐졌다.
<토이 스토리>의 한 장면처럼 창문 아래쪽으로 정교한 호텔 디오라마
세트와 함께 다홍빛 택시와 노란 버스 한 대가 들킨 줄도 모르고 자신
있게 움직이고 있었다.

초등학교 시절 일본산 5천 원짜리 미니 자동차가 엄청난 인기를 끌었다.
속도를 올리기 위해 튜닝을 하려면 꽤 많은 투자가 필요했는데, 한 평
남짓한 플라스틱 자동차 트랙에서 가장 빠른 자동차를 소유하기 위해
차체와 맞먹는 가격의 블랙 모터, 출력이 훨씬 좋은 값비싼 충전지 등을
장착해 푹 빠져 놀던 시절이 있었다.

커피 광고의 씨즐* 촬영을 마치고 한결 가벼워진 마음으로 도쿄의 한 골목으로
접어들었다. 유명하다는 다코야키도 한번 먹어 보고 거리의 편집숍도 슬쩍 구경하다가
잠시 휴식을 취하던 아빠 미소의 남자를 발견했다. 이곳 캣스트리트(Cat's Street)에서
남자가 업고 있던 건 고양이가 아닌 순진한 눈빛의 강아지였다.

*광고에서 식욕을 느끼는 감각을 자극해 제품의 맛을 먼저 연상시켜 구매를 유도하는 방법

싱그러운 햇살이 벽에 드리워진 시간에 유명 브랜드의 행사장 안으로
들어가는 두 사람을 물끄러미 바라보던 훤칠한 남자의 뒤춤엔
비밀스럽게 무전기 하나가 매달려 있었다.

데칼코마니의 매력은 알면서도 속게 되는, 형태의 비밀스런 낯설음에 있다. 오모테산도
힐즈 앞 육교를 건너기 전 유리창에 반사된 랄프로렌 건물을 카메라에 담았다.
이제 길만 건너면 나의 세 번째 음악 영화 <에튀드, 솔로>를 상영했던 라포레 하라주쿠가
나올 것이다. 당연하겠지만 공간과 맺는 관계가 구체적일수록 장소는 특별해진다.

재즈 만화 『블루 자이언트』의 주인공 다이는 색소폰 연주자가 되기
위해 무작정 도쿄로 올라온다. 그가 낯설게 걸었을 법한 도쿄의
골목들을 이방인의 시선으로 함께 걸으며 만화 속에 등장했던 마키하라
노리유키의 「돈 나도키모(어떤 때라도)」를 떠올려 보았다.
'어떤 때라도 내가 나다워지도록 좋아하는 것은 좋아!라고 말할 수 있는
마음을 끌어안고 싶어, 헤매고 찾기를 계속할 수록 그것이 답이 되는
것을 나는 알고 있으니까.'
그제야 비밀스럽던 도쿄의 골목들이 조금은 가깝게 느껴졌다.

일본의 독특한 공간 중 하나인 '재즈 킷사(재즈 음악다방)'는 도쿄 안에 유명하고 멋진 곳이
많기로 소문이 자자하다. 물론 여행으로 이곳에 왔다면 기를 쓰고 돌아다니며 봤겠지만 짧게
주어진 자유 시간 안에 그런 곳들을 찾기란 무리다. 그럼에도 불구하고 하라주쿠 뒷골목
어딘가에 비밀스럽게 위치한 재즈 킷사를 하나 발견했다. 아주 작은 공간 이었지만 재즈로
가득 채워진 그곳에서 수줍게 일본 재즈의 전설적인 피아니스트 '노리오 마에다'의 음악을
슬쩍 신청해 보았다.

사실 그때 재즈바에는 내 자리 바로 뒤에 혼자 온 남자 한 명이 있었다.
그는 색소포니스트 사다오 와타나베의 곡 「bossa na praia」를 신청해서 듣고
있던 참이었는데 내 입에서 '노리오 마에다'라는 말이 나오자마자 어떻게
외국인이 그 사람을 아느냐며 급 관심을 보였다. (심지어 가게 주인까지도!)
사실 난 일본 재즈에 대해 잘 알지 못한다. 페이스북 지인을 통해 알게 된
뮤지션의 이름을 살짝 말했을 뿐인데, 갑자기 이곳에서 반가운 사람이
되어 버렸다.
공간을 채우던 재즈는 그렇게 사람들의 마음까지 채워 주고 있었다.

커피 광고 씨즐 촬영을 위해 도착한 곳은 도쿄 근교에 있는 가와사키였다.
주택들이 모여 있는 한적한 동네 초등학생들의 들뜬 하교길이 강하게
내리쬐던 오후 햇살만큼이나 싱그러웠다. 스튜디오로 향하던 우리의
모습이 동네의 어느 돌담 위로 드러났다.
그것은 들뜬 마음을 다 감출 수 없는 어른들의 실루엣이었다.

숨겨진 사람들, 드러나는 사물들

숨겨진 사람들을 통해 창문은 드러나고
창문 앞 사물들은 진실을 숨기고 있다.

웹드라마 <시크릿 메시지>에서 우현과 하루카가 가상의 데이트를
즐기던 공간은 도쿄의 다이칸야마와 서울의 삼청동에서 이루어졌다.
『도시는 무엇으로 사는가』(유현준 저)에서 보았던 이벤트 밀도,
공간의 속도 — 시속 4킬로미터 — 의 조건을 모두 충족시키는
'걷고 싶은 거리'의 대표적인 두 공간이 서로 만났다.

우현이 묵게 되는 성준의 게스트하우스는 도쿄를
떠나 아시카가라는 마을에서 촬영되었다.
마을 입구로 들어서자 가로등 위에 비밀스럽게
앉아 있던 까마귀 두 마리가 한적한 시골 마을의
마스코트처럼 우리를 반겨 주었다.
이렇게 시골스러운 풍경에도 문화적으로 풍성한
모습은 어김없이 발견되었는데, 이것이 일본의
가장 부러운 모습이기도 하다.

2015. 7. 2

새벽 4시,
오래된 호텔의 붙박이식 라디오에서 나오는
브라질 음악 방송이 낯설지 않게 들렸다.
우리나라에서도 비주류의 음악 방송은 주로
새벽 시간에 편성되어 있으니까 ······.
(내가 좋아하는 라디오 방송 <올 댓 재즈
(all that jazz)>는 새벽 2시에 방송하다가
심지어 사라졌었는데 다행히도 최근 다시 새벽
3시로 편성되었다.) 하지만 다음 날 문화 강국
일본에 대한 인식을 바로잡아 주려는 듯 심심치
않은 반전이 기다리고 있었다.
사람도 거의 없는 이곳 시골 마을의 자그마한
서점에는 국제 피아노 콩쿨 신청서와 여러
종류의 재즈 잡지들을 비롯해 바이올린 줄,
색소폰 리드, 트롬본 피스까지 구비되어 있었다.
나는 부러움 반 씁쓸함 반의 심정으로 슬그머니
서점의 미닫이 문을 열고 걸어 나왔다.

— 아시카가에서

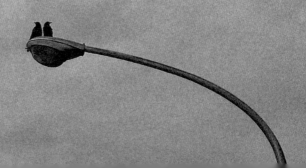

아시카가의 어느 골목 안으로 들어서면 고풍스럽게 지어진 일본 전통 가옥이
하나 나오는데 사랑에 상처받은 우현은 이곳에 머무르며 우연히 SNS로 연결된
하루카(그녀는 서울에 있다)와 사랑에 빠지게 된다. 감히 비교할 바는 못 되지만
'이와이 순지의 <러브레터>가 아날로그식 사랑이었다면 우현과 하루카는 확실히
요즘 젊은이들의 방식으로 사랑을 나눈다'가 이 드라마의 출발점이었다. 당시
정식 루트로는 구할 수가 없어서 조악한 화질로 녹화된 VHS비디오테이프로
<러브레터>를 봤던 기억이 난다. 일본과의 관계적 특성 때문에 대중문화가 늦게
개방된 탓이었는데, 이런 대중문화뿐만 아니라 이번 웹 드라마의 촬영지인 일본
전통 가옥에 대한 곱지 않은 시선 또한 여전히 존재하고 있을 것이다.
(한국에서는 이런 일본 가옥을 적산가옥이라고 부르는데, 일본의 제2차 세계대전
패전 이후 철수하는 과정에서 정부에 귀속되었다가 일반에 불하된 일본인
소유였던 주택을 의미한다.)

동화『고래포 아이들』을 보면, 일본인 조합장의 딸 유키코와는 친구가 될 수 없느냐는
웅이의 질문에 누나는 이렇게 말한다. "와 안 되겠노. 그런데 우리나라 사람 마음속에
일본을 미워하는 마음이 가득 들어 있고 일본 사람들도 우리를 무시하는 마음이 있는데
우째 좋은 동무가 되겠노."
이 동화의 배경은 일제 강점기 시절 실제 일본의 고래 침탈이 진행되었던(아직도 일본전통
가옥들이 남아 있는) 구룡포를 모티브로한 고래포라는 마을에서 시작된다. 마을 사람들은
고래가 점점 줄어드는것을 걱정하는데, 웅이는 우연히 발견한 아기 고래를 친구가 된
유키코와 함께 무사히 바다로 돌려보내 준다.
번역 기능이 있는 SNS를 통해 친구가 될 수 있는 지금 시대에 빗대어 웅이와 유키코의
모습을 다시금 바라보았다. 일본 전통 가옥이 주는 아름다운 겉모습만 바라보며 촬영을
하기엔 먼저 생각해야 할 것들이 분명 존재한다.
"용서는 하되 잊지는 마라"
이스라엘 야드 바셈 독립기념관 지하에 있는 꺼지지 않는 불 앞에 쓰여 있는 글귀…….
독일을 향한 유대인들의 생각이다.

촬영 중 딱 하루, 쉬는 날이 주어졌고 난 조금 일찍 숙소에서 나와 뚝방길을 따라
계속 걸었다. 이런 느낌의 공간은 '미스터 칠드런'의 뮤직비디오 '쿠루미'의
마지막 장면에서도 보았었다.
어렸을 때 함께 밴드하던 친구들을 모아 재결합을 시작한 아저씨들… 그들이
온갖 현실적인 상황들을 가로지르며 음악의 기쁨을 쟁취하는 모습을 코믹하게
그리고 감동적으로 담았다. (물론 그동안 이런 소재의 것들은 꽤나 있었지만 난
단연코 이 뮤비가 가장 좋았다)
쇼윈도 앞에서 기타를 바라보던 주인공, 그리고 친구들을 설득하는 그의
애처로운 표정이 정말 압권인데, 뮤직비디오 초반 그가 예전의 밴드 이름 '미스터
칠드런'을 종이에 적다가 현재 본인들의 모습을 인지하고 그 밑에 '미스터
어덜트'라고 새로 적으며 밴드 결성을 다짐하는 장면 하나가 등장한다.
그리고 이 장면은 다시 마지막 뚝방 시퀀스와 연결된다.

뮤직비디오의 마지막 뚝방 시퀀스는 미스터 어덜트의 멤버들이 연주 활동을
시작하고 난 뒤 해 질 녘 뚝방길을 걷는 장면으로 시작된다. 남자는 친구들과
떨어져 걸으며 밴드이름을 적었던 종이를 펼쳐 보곤 구겨서 버리는데, 지나가던
한 젊은 남자가 그 종이를 주워 조심스레 열어 본다.
동그라미가 쳐 있는 밴드 이름 '미스터 어덜트' 대신 반으로 접은 종이 위에
적힌 '미스터 칠드런'에 주목하는 젊은 남자(그는 실제 미스터 칠드런의 멤버
'사쿠라이 카즈토시'다). 그때 그 모습 위로 자막이 하나 올라타며 뮤직비디오가
마무리된다.
'1989년, 미스터 칠드런 밴드 결성 하루 전'
종이에 적힌 글씨는 그에게 시크릿 메시지가 되었다. (훗날 기적처럼 이
뮤직비디오를 연출한 코우키 탕게 감독님을 삿포로국제단편영화제에서 만났다.)
아저씨 밴드를 생각하며 걷던 뚝방길을 지나 다리 위로 올라서자 등굣길
학생들의 자전가 나를 앞질렀다.
자전거의 속도만큼 시원한 바람이 내 얼굴을 스치고 지나갔다.

자전거의 속도 × 등굣길의 속도

격정적이면서도 낭만적인

스크리아빈 연습곡 42-5 Scriabin - Etude in C-Sharp Minor Op. 42 No. 5

2006. 5. 16

스트리아빈, 에튀드 42-5
Scriabin - Etude in C-Sharp Minor Op. 42 No. 5

52사단 화살교회 그랜드 피아노 앞에 앉은 서인 병장은 내 앞에서
이 곡을 연주하며 눈물을 흘렸다. 너무나 아름답지 않느냐던
그의 목소리가 아직도 귓가에 맴도는 듯하다.

2011년에 만든 단편영화 <에튀드, 솔로>는 군악대 시절 처음 듣게 된
스크리아빈의 「에튀드 42-5」를 주제로 만든 나의 세 번째 음악 영화다.
음악에서 느끼는 감정들을 모티브로 이야기를 만들고, 영화 마지막 부분에
주인공이 이 곡을 비밀스럽게 연주하는 장면을 넣었다.

영화 속 경민이 연주하는 스크리아빈의 「에튀드 42-5」는 첫사랑과 많이
닮아 있다. 첫사랑은 대개 짝사랑인 경우가 많다. 자신을 다 줄 수 있을
만큼 순수하고 낭만적이지만 그만큼 서툴고 또 거칠다.
이 곡엔 이 두가지 요소가 분명하게 들어 있다. 거침없이 휘몰아치는
선율 뒤에 세상에서 가장 로맨틱한 멜로디가 올라타면서 자신도 모르게
심장이 쫄깃해진다.
하지만 끝내 사랑은 이루어지지 않는다. 어쩌면 사랑을 이루지 못한
자신의 과거를 회상하는 듯하다.
리스트의 곡을 연습하다가 오른손을 다쳐 작곡가로 전향한 스크리아빈과
짝사랑 때문에 오른손을 다쳐 후에 조율사가 되어 버린 경민의 모습이
평행이론처럼 묘하게 닮아 있다.
고맙게도 이 영화는 2012년 여름, 도쿄의 쇼트쇼츠 국제단편영화제에
초청되었는데 쑥스러움 반 설렘 반, 해외에서 처음으로 내가 만든 영화를
보며 나는 그렇게 숨죽이며 극장에 앉아 있었다.

ensemble(앙상블)

'함께, 동시에'라는 뜻에서 의미가 전화하여 '통일·조화'를 나타내는 용어.
음악에서는 '복수에 의한 연주(중창·중주)'를 뜻한다.
복장에서는 '처음부터 함께 결합시켜 조화를 이루게 디자인한 한 벌의 옷'을 가리킨다.
출처: 두산백과

장면의 공존

책 읽기와 글쓰기를 배우면서 사용하는 사각형의 종이와 칠판은
세계를 개념화하기 위한 작업대다. 그 작업대의 틀은 우리의 깜빡이는
동그란 두 눈이 원래 보여 주는 것과 같은 뿌연 경계선으로 둘러싸인,
파노라마같이 공간적으로 이어지고, 시간적으로 끊임이 없는 파악하기
힘든 사건의 연속과 중첩으로서의 세계가 아니라, 보이는 것과 보이지
않는 것의 경계가 칼같이 재단되고 장면과 장면의 연속성이 페이지와
페이지로, 명료한 기승전결의 질서로, 시침과 분침으로, 커트와 커트로,
음절과 음절로 분절된 세계를 우리에게 펼쳐 준다.

—『그 남자의 가방』, 안규철

『그 남자의 가방』에 나오는 한 구절이 떠올랐다. 어떤 작업물이 "뿌연
경계선으로 둘러싸인, 파노라마같이 공간적으로 이어지고, 시간적으로
끊임이 없는 파악하기 힘든 사건의 연속과 중첩으로서의 세계"로 확장
될 수 있다면 어쩌면 그것을 앙상블이라는 개념으로 풀어 볼 수도 있지
않을까?

작년 가을 베를린에서 촬영이 있었다.
틈틈이 사진을 찍으면서 우리보다 먼저 통일을 이룬 이 도시가 부러웠
던 이유는 수없이 많았지만 세계 최고의 영화제와 오케스트라가 있다
는 것은 정말 가슴을 설레게 만들었다.
눈과 귀를 모두 행복하게 해 주는 이 도시에서 통일, 조화를 뜻하는 '앙
상블'이라는 개념이 쉽게 확장될 수 있을 것 같았다.

순광과 역광의 앙상블.
다리 하나를 가운데 두고 빛에 드러난 피사체가 각기 다른 방식으로
화면 위에 나타났다. 대학교 2학년 수업 시간, 미팅 나가면 창문을 등지고
앉으라던 선생님 말씀의 의미가 이 장면에 고스란히 반영되었다.

하지만 요샌 또 꼭 그런 것만은 아닌 듯하다.
역광의 트렌드가 얼마나 더 지속될진 모르겠지만 솔직함을 무기로 한
여러 가지 방식은 확실히 의미 있어 보인다.
동전의 양면처럼 공존할 수 밖에 없는 두 개의 빛을 무언가에 어떤
방식과 어떤 비율, 농도로 담아내느냐⋯⋯.
물론 그것은 흔한 앙상블의 과제이기도 하다.

전철이 지나다니던 고가 옆의 프로덕션 사무실로 들어서자
밑에서 올려다보았던 전철이 눈높이로 들어왔다.
창을 통해 지나가던 전철이 창에 걸린 고가 철교로 이어지며
마치 호그와트로 가는 9와 4분의 3정거장처럼 사라져 버렸다.

사라져 버린 전철의 미스터리를 알고 있을 것 같은 남자의 실루엣이
우측 문 사이로 비집고 들어온 은은한 빛 덩어리 위로 나타났다.
유럽의 프로덕션 사무실들은 오래된 건물의 축적된 시간 덕분에
멋스러운 느낌을 준다. 심지어 그날처럼 현실과 판타지의 경계에서
묘한 앙상블을 이루며 상상에 빠져들게 만들기도 한다.

물론 전망이 좋은 호텔 방을 기대해 보기도 하지만 이번 촬영에서 묵었던
내 방 풍경은 주로 맞은편으로 보이는 현대식 건물들이 전부였다.
아침에 한 번, 저녁에 한 번씩 담아 두었던 모습을 촬영 장소 옆에 있던
오래된 건물과 서로 연결시켜 보았는데 마치 그 자리에 있었던 것처럼
세 개의 건물이 시간을 관통하여 연결되었다. 아침의 클래식, 밤의 재즈,
점심의 대중음악을 듣는 나의 음악 감상 패턴의 앙상블처럼…….

철골 다리 위로 햇살이 드러나자 미술관 안쪽
벽면에 철골 다리 같은 굵은 그림자가 생겼다.
한 시간 남짓 떨어져 있던 서로 다른 공간을
하나뿐인 태양이 연결해 주었다.

그 날, 하늘 빛에 반사되어 버린 파란 것들

Solo / 방문객과 거주자

Solo / 방문객과 거주자

Solo / 방문객과 거주자

Solo / 방문객과 거주자

Solo / 방문객과 거주자

Duo / 선입견

포스터를 붙이러 가는 독립 극단 배우들

Duo / 선입견

행위 예술가와 설치 미술가

Solo
한 명

Duo
두 명

Trio
세 명

촬영장 헌팅 중
눈앞을 스치던 사람들

Solo
한 마리

Duo
두 마리

Trio
세 마리

점심을 먹으러 들렀던
노란 벽 피자 가게 안

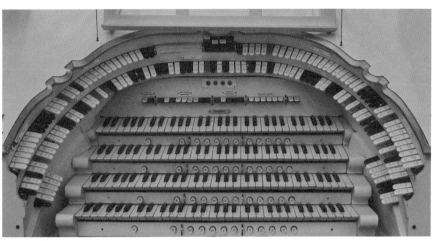

서로 만나기 위해서는 이유도 많고
조건도 많습니다.
하지만 우리는 보았습니다.
모든 이유와 조건을 버리고도
앙상블을 이루는 만남을 말이죠.
악기와 악기의 만남
사람과 사람의 만남
사람과 악기의 만남
이 모든 만남이 귀를 기울이는 것으로
앙상블이 되는 것처럼,
만남을 기다리며 나의 소리와 만나고 있는
이 순간 조차도 나에게는 이미 앙상블입니다.

EBS 다큐프라임
<악기는 무엇으로 사는가>
제2부 '악기가 악기를 만났을 때' 중에서

EBS 다큐프라임 <악기는 무엇으로 사는가> 3부작이 무척 인상적이었다.
사실 내용은 말할 것도 없이 좋았지만 다큐멘터리의 고정관념을 깨고
공들여 만든 미장센이 더 눈에 들어왔다. 악기를 맹목적으로 좋아하는
내게 수많은 악기가 쌓여 있던 공간은 그저 보기만 해도 황홀했는데,
베를린 필하모니 음악당 바로 옆에 악기박물관이 있다는 정보를 입수한
만큼 그곳에 가보지 않을 수 없었다.
운이 좋게도 반나절의 자유 시간이 주어졌고 나는 조르륵 내달렸다.

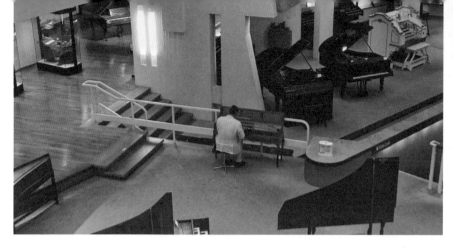

흰 양복을 입은 신사가 전시된 악기를
연주하기 시작했다.
하프시코드였다.
한 번도 직접 눌러 보지 못한 그 악기……
그 감촉이 늘 궁금했었는데 그래도 직접
라이브로 들으니 좋다는 생각이 듦과 동시에
박물관에서 저렇게 전시된 악기들을 막 만져도
되나 싶었는데, 연주가 끝나고 잠시 사라졌던
그가 한 무리의 아이들과 함께 이번엔 전시된
커다란 오르간 앞에 나타났다.
그는 이곳에 견학 온 아이들을 가르치는
음악 선생님이었다.

골목을 들어서니 어디서 많이 본 듯한 소녀의 얼굴이 눈에 들어왔다.
초등학교 시절 보았던『안네의 일기』의 저자 안네 프랑크였다.
히틀러의 유대인 학살 정책 때문에 안네의 가족은 나치를 피해 은신처에서
숨죽여 지냈다. 그 고요한 은신처에서 친구 없이 외롭게 지내야 했던 안네는
그 시절의 이야기를 일기로 남겼다.
아무것도 들을 수 없고 아무 소리도 낼 수 없었던 공간에서 눌러 담은
그녀의 목소리는 가족 중 유일한 생존자였던 아버지에 의해 책으로 출간
되었고 그 작은 소리는 전 세계로 퍼져 나갔다.
잠시 그녀의 얼굴을 바라보다가 서둘러 골목을 빠져나왔다.
잠시 후에 열릴 베를린 필하모니 음악당의 연주회를 보러 가야 했기 때문에.

음악당에서는 바그너의 「발퀴레」가 울려 퍼졌다.

바그너는 반유대주의 작곡가로 히틀러를 열렬히 추종했던 인물이기도
한데, 아우슈비츠 수용소에서 노동을 하러 갈 때마다 들리던 음악이 그의
음악이었다고 하니 이스라엘에서 오랫동안 그의 음악이 금지되었던 건
당연한 일인 듯하다.

몇 해 전 세계에서 가장 오래된 오케스트라인 베를린 슈타츠카펠레를
이끌고 이스라엘을 찾은 유대인 출신 지휘자 다니엘 바렌보임이
바그너의 곡을 연주하려 하자 이스라엘 국회가 그를 거부하기로 했다.

예술 자체만의 잣대로 작품과 음악가를 평가할 수 있을까? 그 평가는
창작자의 신념과 무관할 수 있을까? 그리고 훗날 그의 작품이 예술이라는
테두리 안에서 희생된 사람들과의 앙상블을 제대로 만들어 낼 수 있을까?

두 사진을 나란히 붙여 보았다.

벽화 속 안네가 곧 바그너의 곡을 연주하게 될 콘트라베이스 주자를 보며
밝게 웃고 있었다.

2015. 6. 13

고등학교 시절 아무도 없는 공간에서 혼자 엉터리 피아노를 치곤 했다.
지난 몇 주간 몇 번의 짧은 만남이었지만 업라이트 피아노 한 대가
가까운 곳에 존재하고 있다는 것만으로도 충분히 설레었다.
그리고…… 어느새 채워져 있던 건 분명 페달을 밟지 않아도 유난히
많이 퍼지던 그 공간의 피아노 소리만은 아니었다.

— 모스 스튜디오에서 (<시크릿 메시지> 촬영 중)

"생각만 해도 기분 좋아지는 게 있나요?"
누군가 내게 물었다.
잠깐 생각하다가 두 가지를 떠올렸다.
나팔(금관악기)과 피아노.

아주 가끔씩 촬영장에서
피아노를 만날 때가 있다.
마음 같아선
아무도 없을 때 혼자 건드려 보고 싶지만
단둘이 있기엔 사람도 많고 코드 한 번 눌러 볼 시간이 없기에
스치듯 눈으로만 훔쳐볼 뿐이다.

그래도 한 번 눌러 보고 싶은 마음에
눈치껏 흰건반 하나라도 눌러 소리가 날 때면
조건 없는 미소가 흘러나온다.

조건이 없다는 것은 무엇을 의미할까?
이 세상에서 조건 없음을 포용할 수 있는 것은 무엇이 있을까?
사랑이다.
오직 사랑밖에는 없다.

어떤 대상을
사랑의 눈으로 바라보는 것,
사랑의 귀로 들어 보는 것,
거기에서 모든 이야기가 시작된다.

이 작고 소심한 책에서 조차도…….

프랑스 가정식으로 차린 촬영장 케이터링의 음식이 입맛에 맞지 않았다.
그 날도 컵라면으로 얼른 점심을 때우고는 뚜르에 있는 고성 지주의
숨겨진 방들을 슬슬 둘러보는데 저 멀리 짙은 호두색 그랜드 피아노 한
대가 햇살을 받으며 귀하게 놓여 있었다.
아주 오랫동안 그곳에 자리 잡았을 피아노를 향해 가까이 다가가자 가장
먼저 '플레옐'이라는 로고가 눈에 들어왔다.

2015. 9. 30

『파리 좌안의 피아노 공방』에 나오던
플레옐 피아노.
오래되었지만 소리가 몽글몽글.
— 샤토 드 지죄(chateau de gizeux)

아이 어머니는 내게 차를 권하며 살롱으로 안내했다.
그곳에 있는 아름다운 베이비 그랜드 피아노가 내 눈을 사로잡았다.
흐르는 듯한 깔끔한 선을 자랑하는 짙은 호두색 캐비닛의 세밀한 조각은
아르누보를 살짝 암시하고 있었다.
악보대의 나무로 만든 레이스 세공 속에는 전설적인 '플레옐'이라는
이름이 우아하게 자리 잡고 있었다. 여주인이 차 단지를 들고 부엌에서
나오자 나는 얼른 달려들었다.
"피아노를 치시나요, 베로니크?"
"원하는 만큼 치지는 못해요. 하지만 평생 끼고 살았죠."
"이 아름다운 악기도 쭉 가지고 계셨나요?"
"아뇨, 그렇지 않아요. 마르크와 내가 몇 년 전에 처음 이 동네로 이사
왔을 때 산 거예요. 댁 근처에 이런 보물이 가득한 놀라운 가게가
있는데, 이름이 데포르주예요."
나는 흥분해서 고개를 들다가 차를 쏟을 뻔했다. 베로니크는 어리둥절한
표정으로 내 환한 웃음을 바라보았다.
"아주 멋진 피아노죠, 안 그래요? 아시겠지만, 프랑스 제품이에요."
— 사드 카하트의 『파리 좌안의 피아노 공방』 중에서

2015. 5. 4

낯선 공간,
익숙한 설렘의 피아노

화장품 광고 촬영 중 연천허브빌리지 어느 방구석에서 검정색
그랜드 피아노 하나를 발견했다.

2018. 4. 5

포르투갈의 포르투, 어느 빈티지샵에서 발견한 갈색 그랜드
피아노. 그리고 그 앞의 문구 하나.
Please, don't touch

40일간의 프랑스에서의 촬영도 3분의 2가 끝나 갈 무렵 우리는
고급 휴양지로 유명한 비아리츠에 도착했다.
호텔 입구에 들어서는 순간 눈앞에 반가운 검정색 업라이트
피아노가 놓여져 있었는데, 이 피아노 소리를 생각지도 못한
어느 늦은 밤에 들을 수 있었다.
프랑스 스탭 중 러너로 일하고 있던 벤자민이 차분하게 드뷔시의
「달빛」을 연주하고 있던 중이었다. 차분하고 담백한 그의 연주가
노란 달빛이 드러난 시원한 바닷바람처럼 촬영장의 정신없던
열기를 식혀 주었다.
며칠 후 그에게 슬쩍 말을 걸어 보았다.
꾸준히 취미로 연습해 오고 있던 그는 메일로 유튜브 링크까지
보내 주었는데, 직부감앵글로 잡아 건반 위주로 찍힌 이
동영상을 보면서 꾸준히 연습해 왔을 그를 떠올려 보았다.
그날 이후로 드뷔시의 「달빛」은 내 플레이리스트에서 너무
유명해서 진부한 레퍼토리가 아닌, 특별한 곡으로 다시
자리매김하였다.

늦은 가을 우리는 자작나무 숲을 찾아 헤매던 중 아사히카와의
한 농장으로 들어갔다.
그곳에는 작은 카페가 하나 있었는데, 속이 훤히 드러나 보이는
업라이트 피아노 한 대가 우리를 맞아 주었다.
그곳에 있던 우리는 남자만 넷, 체격 좋은 배 실장님의 부드러운
피아노 연주를 들으며 나머지 남자 셋은 흐뭇하게 덮밥을
먹었다.

농장의 작은 오두막에서 하룻밤을 묵게 되었다.
남자들이 그 사이 더 늘어나 모두 여섯 명.
취침 전 우리는 군대 놀이를 하며 무사히 점호를 마쳤다.
그곳 2층 구석에 작은 키보드가 하나가 있었는데,
혹 신디사이저였다면 모듈 안의 음색을 트럼펫으로 바꿔
돌아오는 새벽 기상나팔이라도 누르고 싶은 심정이었다.

조금 일찍 일어난 베를린에서의 어느 아침,
설레는 마음으로 그 곳에 들어섰다.
입구에 놓여 있던 한없이 앤티크한 피아노를 보며 비로소 난
악기 박물관에 왔음을 실감했다.
하긴 클래식을 좋아하는 사람이라면 베를린 필하모니 음악당
바로 옆에서 무엇을 보든 설레지 않을 수 없을 것이다.

나폴레옹 3세가 살았다던 궁전호텔(Hôtel du Palais), 그 화려한
건물 외관의 모습만큼이나 화려한 모습의 피아노가 호텔 내부에
자리 잡고 있었다. 과연 외형만큼이나 화려한 음색을 가지고
있을까? 나는 주눅이 들어 가운데 고급스러운 자물쇠 구멍이
있는 뚜껑을 열어 볼 용기조차 내지 못했다.

후쿠오카의 료칸 한쪽에 놓여 있던 오래된 피아노.
온통 유럽 앤티크로 꾸며진 공간을 보며 주인의 취향을 확실히
알 수 있었다. 그곳의 피아노가 그저 감상용 가구가 아니길
바라는 애틋한 마음으로 피아노와 헤어져 야외 온천탕에
들어갔다.

1950년대 보육원을 개조한 대만의 열락서점(閱樂書店)은
독립출판 서적들을 파는 곳이었는데, 서점 안쪽에 (한동안
모았던 플레이모빌 빈티지 시리즈에 나오는 피아노와 거의
흡사한) 촛대가 장착된 검정색 피아노가 한눈에 들어왔다.
금빛 촛대에 초를 끼워 촛불로 악보를 보며 연주하던 그 시절의
모습을 낭만이라 말할 수 있는, 이제는 쉽게 볼 수 없게 된
그리운 장면들을 자주 보고 싶다.